Die Leiden des jungen Architekten B.

Gewerk 1: Bauvoranfrage

Roman

von

Markus D. Mühleisen

Deutsche Erstausgabe

im Juli 2024

Markus D. Mühleisen
Architekten-Zyklus

Gewerk 1: Bauvoranfrage
Gewerk 2: Genehmigung
Gewerk 3: Ausführung

Umschlagbild
Adobe Stock Photo stock.adobe.com
Product No. 263938201 lizenziert

Impressum

2. Auflage
Ausgabe 07/2024
Bibliografische Information der Deutschen Nationalbibliothek:
Die Deutsche Nationalbibliothek verzeichnet diese Publikation in der Deutschen Nationalbibliografie; detaillierte bibliografische Daten sind im Internet über http://dnb.dnb.de abrufbar.
Herstellung und Verlag: BoD – Books on Demand, Norderstedt
ISBN 978-3-7597-3757-1

Inhalt

0 Vorwort

Das Leben spielt uns doch manchmal Streiche. Jeder kennt das. Manche dieser Streiche sind lustig und können in geselliger Runde als Einschub zur Erheiterung besagter Runde erzählt werden. Andere treffen uns ins Mark, ob ihrer vielleicht schlimmen Auswirkungen auf unsere Existenz oder zumindest auf unserer Wahrnehmung derselben.

Und dann gibt es da noch die Momente, in denen uns vollkommen unerwartet etwas passiert, das uns auf ganz neue Wege führt. Zum Beispiel, man beobachtet etwas und beschließt aus der Beobachtung eine Änderung der eigenen Sicht oder sogar Vorgehensweise. Mich persönlich beeindruckt immer wieder, wie sich aus banalen Gesprächen heraus plötzlich Gedanken, ja sogar Ideen entwickeln können. Natürlich zerplatzen diese Gedanken oder Ideen meist, schließlich sind wir ja oft mit ganz anderen, notwendigen und ganz dringenden Dingen beschäftigt und die Idee wird zuerst beiseitegeschoben und dann der Bequemlichkeit halber einfach vergessen. Die Fähigkeit zum Vergessen ist eine der am meisten zu bewundernden Fähigkeiten des Menschen, wie ich meine. Lässt sie uns doch schlimme Erinnerungen vergessen und sorgt damit nicht unwesentlich für unsere geistige Gesundheit. Ich liebe diese Erklärung, kann ich doch damit meine Vergesslichkeit aufgrund von Faulheit oder innerer Trägheit hervorragend verargumentieren. Aber ich schweife ab.

Manchmal ist es aber auch so, dass diese Gedanken und Ideen, die unseren Geist gleich einem grinsenden Kobold überfallen, sich nicht so einfach beiseiteschieben und vergessen lassen. Dann verfolgen wir diese Gedanken tatsächlich weiter. Nun möge unsere Um- und Nachwelt im Einzelfall darüber entscheiden, ob dieses Weiterverfolgen wirklich eine so gute Sache ist oder war, so auch im vorliegenden Fall.

Im persönlichen Gespräch mit einer Freundin, einer Architektin, haben wir uns über diese Welt im Ganzen und das gelegentlich albtraumhafte Wirken von Verwaltungsstrukturen im Zusammenhang mit Bauvorhaben unterhalten. Tja, und was soll ich sagen, dabei ist die Idee zu dieser Buchreihe entstanden. Einmal geboren hat sich diese Idee, sehr hinterhältig muss ich gestehen, in meine Gedanken eingenistet. Und was macht der mutige, aufgeklärte Mensch, wenn ihn Gedanken beschäftigen? Richtig. Er teilt diese mit all den Freunden, Kontakten und anderen Interessierten seiner Präsenz in sozialen Medien. Dort wird diskutiert, abgewogen, geliked, gebashed, mit Sternchen und Herzen gelobt, was die jeweilige Plattform eben so ermöglicht und erlaubt. Und nun möchte ich ein Geständnis machen. Ich bin so gar nicht daran interessiert, die Welt mithilfe von sozialen Medien über meine misslichen Lagen zu informieren. Muss wohl so eine Art genetische Fehlprogrammierung sein, denke ich mir.

Also, was tut man, wenn einen etwas, also ein Gedanke oder eine Idee, nicht loslässt, aber das Überdruckventil soziale Medien nicht verfügbar ist?

Richtig. Eine Möglichkeit ist, man blickt in den Abgrund hinab, konfrontiert sich selbst mit seinem Gedanken oder seiner Idee. Solange, bis der Gedanke erlegt ist, also ähnlich wie einst Sigurd den Drachen Fafnir erlegt hat. Problem gelöst. Ihr wisst schon, Wagners Ring der Nibelungen und Völsunga-Saga und so.

Ich jedoch sehe mich nicht als drachentötenden Held. Schwerter sind schließlich richtig schwer zu schwingen, glaubt mir. Ich halte mich da lieber an Stift und Papier. Oder dem heutzutage üblichen Analogon Tastatur und Textverarbeitungsprogramm. Also, was tut man in diesem Fall, also ich?

Man schreibt ein Buch darüber. Und wie passend: Der Gedanke, der mich nicht losließ, war tatsächlich, die Erlebnisse dieser Freundin in eine Romanhandlung zu verpacken.

Man stelle sich nun vor, wie der alte Mann am Feuer sitzt: es ist eine sternenklare Nacht, die Kinder und Enkel hören den Geschichten zu, die der alte Mann mit leiser und gemütlich klingender Stimme erzählt. Und am Ende seiner Erzählungen sagt der alte Mann, nicht ohne vorher mit weisem, mildem Lächeln in die Runde zu blicken: "Nun, genauso ist es gewesen"
Nach einem Moment des andächtigen Schweigens nicken seine Zuhörer fasziniert.
In Ordnung. Das ist das Ende der Szene.
Damit will ich sagen: so ist es gewesen. Ich habe mit einer Freundin telefoniert und ihre Erzählung hat in mir die Idee zu diesem Buch - mhm, wahrscheinlich wird es eher eine Buchreihe, ist bei mir irgendwie so üblich -

wachsen lassen. Kurz gesagt und rasch ans Werk.
Nun ich wünsche allen viel Vergnügen beim Lesen der Geschichte, einem Eikosilog (ja, ja, immer diese erfundenen Fremdwörter), die

"Leiden des jungen Architekten B. Gewerk 1: Bauvoranfrage"

P.S.
Ach ja, eines noch vorab. Natürlich sind sämtliche Personen, Zusammenhänge, Örtlichkeiten und sonstiges von mir frei erfunden und haben so gar keinen realen Bezug.
Das wäre ja noch schöner, wenn ein Autor in seinen Texten Dinge verarbeitet, die er selbst erlebt oder erzählt bekommen hat! Also wirklich.

P.P.S.
Ich entschuldige mich aufrichtig bei allen Menschen, die selbst in amtlichen oder sonstigen Aufgabenfeldern arbeiten und falls diese ihre Arbeit oder Aufgabe in der vorliegenden Erzählung falsch oder in schlechtem Licht dargestellt finden. Es ist natürlich niemals meine Absicht gewesen, die wunderbare, deutsche Welt von Gesetzen, Verordnungen, Verwaltungsstrukturen und Vorschriften auch nur im Ansatz zu kritisieren. Wirklich nicht. Wo kämen wir denn hin, wenn so etwas um sich greift?

P.P.P.S.
Ich habe mir den Spaß erlaubt, zusätzlich zu den natürlich wirklich notwendigen, wichtigen und unheimlich bedeutungsvollen Vorschriften - also den existierenden

Vorschriften - noch zusätzlich Neue zu erfinden. Und die Mission, lieber Leser, ist, wenn Sie die Mission annehmen, ganz einfach: welche der geschilderten Vorschriften gibt es wirklich und welche sind eine Ausgeburt meiner humorvollen oder eher seltsamen, das ist sicher Ansichtssache, Phantasie.

P.P.P.P.S.
Also jetzt geht es wirklich los! Ende der Vorrede, versprochen.

I Wie alles begann

Das Städtchen Kleinberghain liegt fast malerisch am Fuße eines Hügelzuges irgendwo in der süddeutschen Provinz. Durch glückliche Fügung der Geschichte hat sich Kleinberghain über die Jahrzehnte des industriellen Wiederaufbaus in Deutschland nach dem Zweiten Weltkrieg zum prosperierenden Lebensraum für eine Standbevölkerung von fast einundzwanzig tausend Menschen entwickeln können. Durch die geografische Lage, die nächste, größere Stadt ist nur über die holperige Landstraße zu erreichen und bietet daher wenig Attraktivität für einen Einkauf des alltäglich Benötigten, hat sich eine gesunde Stadtkultur erhalten. Am Hang über Kleinberghain thront ein schmuckes Jagdschloss. Durch die Erwähnung dieses architektonischen Kleinods in den entsprechenden Reiseführern und Wanderratgebern erfreut sich Kleinberghain sogar eines gewissen, touristischen Gästeverkehrs. Dies führt dazu, dass sowohl das inhabergeführte Hotel samt Gaststätte in der Innenstadt als auch die eher einfach anmutende Pension Garni im Gewerbegebiet am Stadtrand einen ansehnlichen Anteil zur wirtschaftlichen Tätigkeit der Stadtgemeinschaft beitragen. Der Stadtkern, geprägt durch einige Gebäude mit sichtbarem Fachwerk, hinterlässt auf den ersten Blick bei dem Besucher von Kleinberghain einen angenehmen, fast mittelalterlichen Gesamteindruck.

Hinter dieser idyllischen Kleinstadtwelt findet sich naturgemäß das von Stadtpolitik und leider auch der einen oder anderen Intrige einflussreicher Persönlichkeiten der Stadtgemeinschaft geprägtes Getriebe des Alltags. Für Alteingesessene sind derlei Dinge so normal wie die Luft zum Atmen. Neu Hinzugezogene, auch wenn sie aufgrund ihrer Lebensgeschichte mit Kleinberghain verbunden sind, müssen sich erst mühsam in die Verhältnisse der Kleinstadt einleben.

So geht es auch dem noch jungen Architekten Franz von Brrand, den die Stromschnellen des Lebens wieder zurück nach Kleinberghain gespült haben. Hier hat er die letzten beiden Jahre seiner Schulzeit am Gymnasium verbracht. Da seine Eltern zu dieser Zeit beruflich im Ausland waren, wohnte Franz von Brrand bei seiner Tante väterlicherseits. Das Häuschen, fast im Stadtzentrum gelegen, war besonders. Es war eines der wenigen Objekte mit einer echten Gartenfläche rundherum. Franz von Brrand kann sich noch gut an die heißen Sommernachmittage erinnern, wenn er seiner Tante den Rasen gemäht hat.
Nach bestandenem Abitur hat ihn sein Studium der Architektur dann in der Landeshauptstadt verschlagen. Eigentlich hat Franz von Brrand eine Karriere als angestellter Architekt eines internationalen Architekturbüros geplant. Er träumte von der Errichtung großartiger Gebäude in fremden Ländern. Das Leben hält jedoch für uns alle die eine oder andere Überraschung bereit. Auch Franz von Brrand wurde von einer solchen eingeholt. Gerade hatte er die halbjährige Probezeit bei seinem ersten Arbeitgeber, wie von ihm erträumt, eines der großen Unternehmen der Architekturbranche, durchgestanden, als ihn die Nachricht vom Tode seiner Tante erreichte. Seine Eltern waren nach wie vor im Ausland und dort unabkömmlich. So blieb es an ihm, die Forma-

litäten der Beerdigung seiner Tante und die Regelung des Nachlasses der kinderlos gebliebenen, unverheirateten Frau zu regeln. Für ihn gänzlich unerwartet hat ihm seine Tante ihr Häuschen in Kleinberghain vererbt. Durch die besondere Lage des Häuschens war noch auf der Beerdigung seiner Tante jemand an ihn herangetreten und hat sein Interesse am Kauf des Häuschens wortreich bekundet. Der Kaufinteressent, ein stadtbekannter und politisch sehr aktiver Makler, hat Franz von Brrand förmlich bedrängt. Er malte ihm in dunklen Farben die zu erwartenden Kosten, wenn nicht nur für Renovierung, so dann doch für die Instandhaltung des inzwischen in die Jahre gekommenen Anwesens seiner Tante aus. Selbst ein gutmütiger Mensch, solch einer ist Franz von Brrand nach Bekunden seiner Freunde mit Sicherheit, musste bei dieser Nachdrücklichkeit des Maklers misstrauisch werden. Die immer größer werdende Menschenmenge, die Franz von Brrand zu seinem Verlust kondolieren wollte, hat ihn dann schließlich aus den Fängen des Maklers gerettet. Mit einem letzten, nachdrücklichen Blick aus wässrigen Augen hinter der modischen Hornbrille hat der Makler ihm seine Visitenkarte in die Hand gedrückt und schließlich von ihm abgelassen. Irgendwann war dieses gesellschaftlich so geforderte wie geübte Ritual der Beileidsbekundungen am Grab seiner Tante fast abgeschlossen. Nur ein letzter Trauergast stand noch mit trauriger Miene vor ihm. Er stellte sich als der langjährige Lebensgefährte seiner Tante vor, der trotz einer Trennung vor einigen Monaten noch tief bewegt vom plötzlichen Tod der Tante ist.

In diesem Moment spielte das Schicksal wieder einmal seine Karten aus. Der ehemalige Lebensgefährte seiner Tante war selbst Architekt und hatte ein kleines Architekturbüro in Kleinberghain. Froh, endlich mit einem Menschen reden zu können, dessen Lebenswelt sich wenigstens ungefähr mit seiner eigenen deckt, beschlossen beide gemeinsam einen Kaffee zu trinken. In der kleinen Bäckerei, ein familiengeführtes Unternehmen im Besitz einer der großen Namen von Kleinberghain, gab es im hinteren Bereich einige Tischchen. Jetzt, am Freitagnachmittag, war die Filiale gut besucht, aber sie hatten Glück und konnten noch einen Zweiertisch ergattern. So erfuhr Franz von Brrand schließlich, wie es seiner Tante in der Zeit, die er an der Universität in der Landeshauptstadt verbracht hatte, ergangen war. Und obwohl er sich in der für ihn vollkommen ungewohnten Rolle des Trösters eines älteren Mannes wiederfand, war Franz von Brrand fasziniert von dessen Erzählungen. Schließlich haben die beiden so ungleichen Männer sich verabschiedet, nicht ohne vorher noch gegenseitig ihre Visitenkarten ausgetauscht zu haben, verbunden mit dem Versprechen, in Kontakt zu bleiben. Franz von Brrand verbrachte die nächsten Tage in der Pension im Gewerbegebiet. So hatte er Zeit, sich um den Nachlass seiner Tante zu kümmern. Entgegen den unheilvoll klingenden Beschreibungen des Maklers war das Häuschen seiner Tante gut in Schuss. Natürlich gab es dem Alter des Objektes entsprechend stellenweise die Notwendigkeit für kleinere Reparaturen und Instandhaltungsmaßnahmen. Aber seine Tante hatte die Immobilie stets gepflegt. In den vergangenen Jahren waren sowohl das Bad als auch die Küche renoviert worden. Er war angenehm überrascht vom modernen Design der beiden Räume. Die Küche war zusätzlich mit hochpreisigen Geräten eines der großen Hersteller für Küchengeräte ausgestattet. Einem spontanen Entschluss folgend zog er aus der Pension aus und richtete sich im Gästezimmer des Häuschens ein. Immer wieder ertappte er sich dabei, dass er vom Haus seiner Tante spricht oder denkt, dabei war es doch nun sein Haus. Knapp eine Woche nach der Beerdigung hat ihn gänzlich unerwartet der Anruf des Notars erreicht. Durch wundersames, in diesem Fall sehr positives, Zusammenspiel der Dinge war die Testamentseröffnung in absoluter Rekordzeit möglich geworden. Kurzentschlossen meldete sich Franz von Brrand bei seinem Arbeitgeber und bat um die Verlängerung seines Urlaubs, die ihm nach einigem Hin und Her dann auch gewährt wurde.

So sitzt er schließlich am Sonntagvormittag auf der sonnenbeschienenen Terrasse und lässt seine Gedanken in Erinnerungen und seinen Blick über den schön gepflegten Garten schweifen. Er lässt es zu, dass sich seine innere Sehnsucht nach Ausgeglichenheit und Harmonie in den Vordergrund drängt. Gedankenverloren versucht Franz von Brrand sich vorzustellen, wie angenehm es doch wäre, sein Leben in bescheidener Aufgeräumtheit in dieser Kleinstadt zu verbringen in diesem Häuschen mit Garten. Diesen Moment der Ruhe genießt er mit tiefem Seufzen, als ihn erneut die Stromschnellen des Schicksals in neue, fremde und wilde Gewässer entführen sollte.

2 Noch ein Todesfall

Die sonntägliche Ruhe wird vom schrillen Klingelton seines Mobiltelefons unterbrochen. Er schreckt auf und ärgert sich wieder einmal, dass er es bislang nicht geschafft hat, den Klingelton auf ein Geräusch mit geringerem Herzinfarktrisiko umzustellen. Mit gerunzelter Stirn blickt Franz von Brrand auf das Display und sieht eine unbekannte Nummer. Es versucht ihn also keiner seiner Freunde oder Bekannten zu erreichen. Die Nummer zeigt eine Vorwahl aus Kleinberghain. Es handelt sich auch nicht um einen der seltenen Anrufe seiner Eltern von der arabischen Halbinsel, dem derzeitigen Arbeitsort seines Vaters. Als inzwischen pensionierter Buchhalter arbeitet dieser gerade, beauftragt von einer der großen Wirtschaftsprüfungskanzleien, an der Vorortprüfung der Bücher eines Handelshauses. Mit einem Seufzen nimmt Franz von Brrand das Gespräch an.

Nachdem er sich gemeldet hat, hört er schweigend der tränenerstickten Stimme einer Frau zu. Angesichts der emotionalen Aufgewühltheit seiner Gesprächspartnerin streut er beim Zuhören gelegentlich mitfühlende Laute ein. Zuerst ist ihm nicht wirklich klar, wer ihm da telefonisch an seinem Leid und seiner abgrundtiefen Verzweiflung teilhaben lässt. Als er schließlich erkennt, dass die Anruferin die Schwester des Architekten ist, mit dem er noch vor einer Woche nach der Beerdigung seiner Tante Kaffee getrunken hat, wird er selbst traurig. Wie zynisch das Leben doch sein kann, denkt er bei sich. Als die Schwester ihn schließlich bittet, bei ihr vorbeizuschauen, sagt er sofort zu. Seine gutmütige Wesensart lässt ihm da schließlich nahezu keine andere Wahl. Schließlich ist das Telefonat beendet und Franz von Brrand lässt seinen Blick wieder über den gepflegten Garten vor der Terrasse schweifen. Ein völlig unerwartet auftretender Herzinfarkt hat den Architekten am Freitagabend ereilt. Und obwohl der Rettungsdienst in rekordverdächtigen 40 Minuten in der Notaufnahme des Kreiskrankenhauses einliefern konnte, war der angerichtete Schaden wohl doch zu groß. Noch in der Nacht zum Samstag gab sich der gequälte Körper des Architekten geschlagen. Er hat das Bewusstsein nicht wiedererlangt. Franz von Brrand sinniert darüber nach, wie ein gesunder Mensch so von jetzt auf gleich mitten aus dem Leben gerissen wird. Seine Gedanken sind bei der Erzählung der Schwester.

Das kleine Architekturbüro hat in den vergangenen Jahren wohl eine Durststrecke zu erdulden gehabt. Und gerade jetzt, als nach dieser qualvollen Zeit der Unsicherheit wieder einige Bauvorhaben anstehen, wird der Architekt so unvermittelt aus dem Leben gerissen. Mit einem bedauernden Seufzen wirft er noch einen letzten Blick in den friedlich in der Sonntagssonne liegenden Garten.

Dann steht er auf, denn er will sich wie versprochen auf den Weg zur trauernden Schwester des Architekten machen.

Trotz der Trauer ahnt Franz von Brrand, dass gerade auch sein Leben an einem Wendepunkt, einer dieser schicksalhaften Gabelungen der Wege, angekommen ist. Noch kann er nicht richtig einschätzen, ob die sich abzeichnenden Entwicklungen für ihn gut oder schlecht sind.

Wie immer in solchen Fällen versucht er nicht allzu sehr über derlei Dinge nachzugrübeln.

3 Ein spontaner Entschluss

Franz von Brrand blickt sich nachdenklich um. Das Büro ist schön gelegen: ebenerdig gleich neben der Hauptstraße von Kleinberghain. Im Hof hinter dem Haus gibt es genügend Parkplätze, eine Wohltat verglichen mit der immer nervenaufreibenden Parkplatzsuche in Großstädten. Die Einrichtung des kleinen Architekturbüros ist unerwartet modern. Drei komplett ausgestattete Computerarbeitsplätze mit jeweils drei großen Bildschirmen stehen hier. Er hat versuchsweise einen der Computer gestartet. Wie in kleinen Büros üblich war keinerlei Passwortschutz aktiviert. Die Arbeitsoberfläche zeigt das Icon einer Architektursoftware. Es handelt sich um eine der großen und damit teuren Systeme. Ein Doppelklick auf das Icon startet die Software. Nach kurzer Zeit wird die Programmoberfläche angezeigt. Offenbar hat der Architekt weder bei der Software- noch bei der Hardwareausstattung gespart, trotz der schwierigen Zeiten. Dessen Schwester hat Franz von Brrand unverblümt von der Entwicklung des Büros in den letzten Jahren erzählt. Sie wusste verblüffend gut Bescheid über den Zustand des Büros. Als sie Franz von Brrand erzählte, dass sie sich um die gesamte Buchhaltung ihres leider nun verstorbenen Bruder gekümmert hatte, wurde ihm klar, woher das detaillierte Wissen der Schwester kam. Er hatte bei ihrem Gespräch den Eindruck, dass die Schwester Trost darin fand, sich mit ihm über die Belange des Büros zu

unterhalten. Und schließlich hat sie Franz von Brrand unverblümt einen Vorschlag gemacht. Er solle das Büro übernehmen, sie würde sich selbstverständlich weiter um die Buchhaltung und die Finanzen kümmern. Mit Tränen in den Augen erklärte sie ihm, dass sie unbedingt das Andenken und die Lebensleistung ihres viel zu früh gestorbenen Bruders wahren möchte. Dieser habe ihr schließlich in sehr wohlwollenden Worten von der Begegnung mit dem Sohn seiner ehemaligen Lebensgefährtin, einem Architekten, berichtet. Das sei sicher eine Fügung des Schicksals, eine unerwartete Gelegenheit und solche Gelegenheiten gälte es schließlich zu ergreifen.
Franz von Brand schließt das Programmfenster wieder und blickt sich weiter im Büro um. Hinten an der Wand steht ein großformatiger Plotter neben einem professionellen, halbhohen Serverschrank. Unbewusst nickt er vor sich hin. So kann gearbeitet werden. Allerdings verwundert ihn die Anzahl von drei Computerarbeitsplätzen. Soweit die Schwester ihm erzählt hat, haben derzeit nur ihr Bruder und ein Architekturstudent im Praktikum im Büro gearbeitet. Schulterzuckend denkt Franz von Brrand, dass mit dem dritten Arbeitsplatz die Möglichkeit für eine Expansion gegeben ist. Er steht auf und macht erneut einen Rundgang durch das Büro. An einer großen Pinnwand sind die aktuellen Projekte aufgehängt. Aktuell steht der Umbau eines Bestandsobjektes an, ein einfacher Einbau einer Dachgaube. Die beiden anderen Projekte befinden sich noch in einer frühen Planungsphase, ein kleines Einfamilienhaus und ein Bauvorhaben für ein Mehrfamilienhaus mit acht Wohneinheiten. Souverän überschlägt er den Arbeitsaufwand für diese Projekte und erkennt dann, dass hier

genügend Arbeit für mehr als ein Jahr für das kleine Architekturbüro gegeben ist. Damit kann man arbeiten, denkt er sich mit einem erwartungsvollen Grinsen. Schon beginnt sein planerischer Geist, die aufgehängten, ersten Grundrissentwürfe anzuschauen. Auf Anhieb fallen ihm sowohl beim Bauvorhaben für das Einfamilienhaus als auch bei dem für das Mehrfamilienobjekt einige Verbesserungsmöglichkeiten ein. Da ist sicher noch einiges an Arbeit zu tun, bevor ein einreichbares Baugesuch zur Verfügung steht. Dann wandert sein Blick zurück zu der kleinen Dachgaube. Das muss zuerst abgearbeitet sein, denkt er sich. Schließlich dürfte es nicht allzu schwer werden, eine Dachgaube an ein Bestandsobjekt anzubauen. Ein Lächeln stiehlt sich auf sein Gesicht, als er sich dabei ertappt, wie er sich bereits als der ausführende Architekt dieser Projekte sieht. Sein Unterbewusstsein hat wohl schon für ihn entschieden, diese Gelegenheit, die die Schwester des verstorbenen Architekten ihm geboten hat, beim Schopfe zu packen.

Schließlich steht er wieder vorn am Eingang. Gegenüber der Eingangstür, die direkt auf den Gehweg vor dem Haus hinausführt, ist eine kleine Theke. Dahinter ist der Arbeitsbereich der Bürokraft. Aus leidvoller Erfahrung weiß er, wie bedeutsam eine gute Bürokraft für Bauvorhaben sein kann. Was er sieht, erfreut sein Auge. Aufgeräumter Arbeitsplatz, sauber beschriftete Mappen und Ablagen, es liegt keinerlei Büromüll, so nennt er unbearbeitete Altlasten für sich selbst, herum. Hinten im Büro sind ihm ebenfalls die sauber beschrifteten Schubladen und Ordner aufgefallen. Da hat offenbar jemand den Laden gut im Griff. Jetzt stellt er sich vor die

Schaufensterscheibe, rechts neben der Eingangstür und blickt nachdenklich auf die Straße. Er spürt, dass dies der Moment ist, an dem er sich entscheiden muss. Aber eigentlich hat Franz von Brrand sich bereits entschieden, so ehrlich sollte er schon zu sich selbst sein. Er versucht, in sich hinein zu lauschen. Die Neugier und Freude über die Aufgabe, das Büro zu übernehmen, dominieren. Ein kleines Gefühl des Unwohlseins schleicht jedoch in seinen Gedanken umher. Er kann es nicht richtig packen. Dann holt er tief Luft. Sicher ist das nur die Angst vor dem Neuen, dem Aufbruch in unbekannte Gewässer. Er wendet sich um und lässt noch einmal seinen Blick über das Büro schweifen. Ja, er will es tun. Er will in Kleinberghain im gerade geerbten Häuschen wohnen und freut sich auf ein geruhsames, aber fleißiges Wirken als Architekt in seinem eigenen Büro. Das Unwohlsein schiebt er zur Seite, ohne zu ahnen, dass dies doch vielleicht die Vorwarnung vor all den Stolpersteinen ist, die seiner nun immer farbiger werdenden Vision über sein zukünftiges Leben sein könnte.

4 Ein Ausschuss tagt

Für seine Verhältnisse hat Franz von Brrand sich für den heutigen Abend herausgeputzt. Statt der üblichen Turnschuhe trägt er Lederschuhe, statt Jeans eine Stoffhose. Er möchte einen seriösen Eindruck machen, deshalb trägt er auch sein einziges Leinensakko. Das gute Stück ist zwar bereits etwas in die Jahre gekommen. Als er sich mit kritischem Blick heute Abend nach dem Umziehen für die Sitzung des technischen Ausschusses der Stadt Kleinberghain zu Hause in der Diele im großen Spiegel gemustert hat, war er mit seiner Erscheinung zufrieden. Das schüttere, blonde Haar hatte er mit sauberem Linksscheitel gekämmt. Es schaut ihm aus dem Spiegel ein aufgeweckter, junger Architekt entgegen. Seine Nickelbrille unterstützt diesen Eindruck seiner Meinung nach noch.

Heute Abend ist Premiere. Zum ersten Mal tritt er öffentlich als Architekt seines Büros auf. Zum Glück sind heute Morgen gerade noch rechtzeitig die neuen Visitenkarten von der Druckerei gekommen. Er hat sich im Zuschauerbereich im großen Ratsaal der Stadtverwaltung Kleinberghain auf einen Stuhl in der zweiten Reihe gesetzt. Aufmerksam beobachtet er, wie sich der Saal langsam füllt. Noch kennt er niemanden der Anwesenden, aber das war auch nicht zu erwarten. Schließlich ist Franz von Brrand erst vor zwei Wochen nach Kleinberghain gekommen. Aus dem traurigen Anlass der Beerdigung seiner Tante hat sich in kurzer Zeit eine komplett neue Lebenssituation für ihn entwickelt. Nun ist er freier Architekt mit seinem eigenen Büro. Das Büro hat er übernommen. Den Namen des Büros hat er der Einfachheit halber beibehalten: Planschmiede. Ein eingängiger Name, wie er findet, verknüpft er doch das Arbeitsergebnis der planerischen Tätigkeit eines Architekten, den Bauplan, mit einem sehr handwerklichen Wortbezug. Auch das Logo hat er beibehalten, samt Zirkel, Lineal, Amboss und Hammer. Die Schwester des verstorbenen Vorbesitzers hat ihm bei der Übergabe erzählt, dass das Logo einst von einer jungen Grafik-Design-Studentin erdacht wurde. Fast unbewusst zieht er eine seiner neuen Visitenkarten aus der linken Innentasche des Leinensakkos und betrachtet sie. Ja, das Logo ist in Ordnung. Ein Geräusch von angestrengtem Tischerücken holt ihn aus seinen Betrachtungen zurück in die Wirklichkeit des heutigen Abends. Der für die Technik verantwortliche Mitarbeiter der Stadt rückt mit lautem Gequietsche einen kleinen Tisch in Position, auf den er alsbald einen großen Beamer aus der auf dem Boden stehenden Transportbox heraufwuchtet. Franz von Brrand beobachtet nachdenklich, wie der Stadtmitarbeiter mit sorgenvoll gerunzelter Stirn eine Unmenge an Kabeln aus der Box nimmt und auf dem Tisch neben dem Beamer sortiert. Schließlich hat der Stadtmitarbeiter sich für zwei Kabel entschieden, ein Stromversorgungskabel und das Datenkabel für den Videoanschluss. Jetzt vertiefen sich die Sorgenfalten auf dessen Stirn. Er sucht angestrengt das Gehäuse des Videoprojektors nach einer passenden Einsteckmöglichkeit ab. Franz von Brrand blickt auf seine Armbanduhr, die Sitzung sollte eigentlich in wenigen Minuten beginnen. Er hat die Tagesordnung gelesen. Der Grund für seine Anwesenheit heute Abend hier war der vorletzte Punkt darauf. "Bauvorhaben Marktstraße 11/1", Einbau einer Dachgaube. Danach kommt nur noch der übliche Sammelpunkt "Sonstiges". Jetzt hat der Stadtmitarbeiter endlich die Anschlusspunkte am Videoprojektor gefunden und nach einigem Fummeln die Kabel eingesteckt. Neben dem Tisch ist am Boden eine Klappe geöffnet; hier werden nun verblüffend schnell die anderen Kabelenden vom Stadtmitarbeiter eingesteckt. Eine letzte, von Stirnrunzeln begleitete Suche, gefolgt von einem halblaut ausgerufenen "Aha" und einem beherzten Druck auf den Netzschalter, lässt den Videoprojektor zum Leben erwachen. Auf der weißen Projektionsfläche ist ein unscharfes Testbild zu erkennen. Behände stellt der Stadtmitarbeiter das Testbild scharf. Jetzt ist das rechteckige Testbild gut zu erkennen, allerdings scheint der Videoprojektor nicht genau senkrecht auf die Projektionsfläche zu stehen, sodass das Testbild als ungleich verzogenes Parallelogramm gezeigt wird. Derlei Kleinigkeiten sind für einen Mitarbeiter der Stadt Kleinberghain wohl eher nebensächlich; er hebt triumphierend den Daumen der rechten Hand nach oben zum Tisch der Ausschussvorsitzenden. Dort sitzt eine Frau mit einem etwas wirren, graubraunen Haarschopf. Vor ihr steht ein Laptop, der über Kabel ebenfalls mit einer Bodensteckdose verbunden ist. Nach einigem Tippen und Klicken mit der Maus zeigt der Videoprojektor nun statt des Testbildes die heutige Tagesordnung, natürlich als verzogenes Parallelogramm. Mit etwas gutem Willen ist der Text jedoch einigermaßen lesbar.

Der Saal hat sich inzwischen merklich gefüllt und nun

ist auch, Punkt 19 Uhr, ein melodischer Dreiklang aus dem Deckenlautsprecher des Ratssaales zu hören. Die Unterhaltungen der Anwesenden verstummen langsam und die letzten suchen sich ihre Plätze. Franz von Brrand erinnert das Ganze eher an die Vorabendaufführung im Theater als an eine Stadtratssitzung. Schließlich räuspert sich die Frau und beginnt leise zu reden. Das Mikrofon vor ihr scheint seiner Aufgabe nicht wirklich gerecht zu werden, denn es wird kein Ton ihrer Rede über die Lautsprecheranlage des Ratsaales übertragen. Aufgeregt eilt der Stadtmitarbeiter herbei und drückt mit einem freundlichen Lächeln den im Fuß des Tischmikrofons eingebauten Taster. Rot glimmt dieser sofort aus, eine kurze Rückkopplung ist zu hören. Die Frau nickt dem Stadtmitarbeiter dankbar zu und räuspert sich erneut. Dieses Mal ist das Räuspern sehr gut zu hören. Franz von Brrand vermutet, dass die Frau trotz ihres auf Natur- und Umweltschutz betonenden Erscheinungsbildes, die prominent getragenen Logosticker zweier bekannter Umweltschutzverbände unterstreichen diesen Eindruck, zumindest bisweilen eine Zigarette raucht.

"Guten Abend, lieber Mitbürger und Mitbürgerinnen, liebe Kolleginnen und Kollegen. Die meisten werden mich kennen, mein Name ist Frauke Senffeld und ich vertrete heute den leider erkrankten Kollegen Müller als Ausschussvorsitzende."
Mit leicht zusammengekniffenen Augen blickt sie einmal in die Runde, ihr Blick bleibt bei einer farblos wirkenden Frau an der linken Seite der Tische hängen, an denen die Ausschussmitglieder sitzen. Als diese vom Laptop aufblickt, auf dem sie bis gerade noch energisch

eingetippt hat, und Frau Senffeld mit einem Kopfnicken ihre Bereitschaft bestätigt, fährt diese fort:
"Leider lässt sich auch Bürgermeister Blau entschuldigen. Er ist heute Abend anderweitig gebunden."

Franz von Brrand verfolgt die Sitzung genau. Es ist schon lange her, dass er selbst bei einer solchen anwesend war. Lediglich während seines Praktikums in dem großen Architekturbüro hatte er mehrfach den Auftrag, die Sitzungen des technischen Ausschusses zu verfolgen, bei denen es um Bauvorhaben ging, für die sein Praktikumsarbeitgeber die Planung erstellt hatte.

Mit zögerlicher Unsicherheit arbeitet die stellvertretende Ausschussvorsitzende sich unter aufmerksamer Anleitung der Schriftführerin durch die Tagesordnungspunkte. Franz von Brrand hat den Eindruck, dass Frau Senffeld sich nicht sehr wohlfühlt in der Rolle einer Vorsitzenden. Zum Glück stehen heute bis auf sein Vorhaben nur mehr oder wenig verwaltungstechnische Punkte auf der Tagesordnung. So wie die Empfehlung zur Umwidmung von Mitteln aus einigen Budgetiteln. Der Stadtkämmerer hat diese Umwidmung detailliert ausgearbeitet und der Ausschuss muss diese Vorschläge lediglich unterstützen. Sorgfältig zählt Frau Senffeld bei jeder Abstimmung die per Handzeichen der Ausschussmitglieder aufgezeigte Zustimmung oder Ablehnung. Pedantisch referiert sie diese dann, sodass das Sitzungsprotokoll die Abstimmungslage auch eindeutig dokumentiert. Nach endlosen anderthalb Stunden kommt schließlich seine Bauvoranfrage zur Diskussion.
Angestrengt atmet Frau Senffeld durch:
"Der vorletzte Tagesordnungspunkt. Am Gebäude

Marktstraße 11/1 möchte der Besitzer eine Dachgaube anbringen. Das beauftragte Planungsbüro hat im Namen des Eigentümers eine Bauvoranfrage gestellt."

Jetzt geht der Blick von Frau Senffeld aufgeregt zum Laptop. Mit etwas unsicheren Bewegungen der rechten Hand steuert sie die Maus und klickt dann beherzt mit dem rechten Zeigefinger. Die vom Videoprojektor gezeigte Tagesordnung verschwindet und es wird stattdessen der Aufriss und Seitenansichten des Dachgeschosses von Marktstraße 11/1 gezeigt. Die Pläne hat er gestern endlich fertiggestellt und seine Bürokraft hat diese wie versprochen an die richtige Adresse gemailt. Franz von Brrand nickt zufrieden. Für ihn sieht das gut aus, lediglich die Seitenansichten wirken etwas gequetscht, das ist aber der verzerrten Darstellung des Beamers geschuldet.

Misstrauisch blickt die stellvertretende Vorsitzende zur Projektionswand. Dann schiebt sie mit vernehmlichen Geräusch ihren Stuhl zurück und stellt sich vor die Projektionsfläche. Ihr Oberkörper wirft einen scharfen Schatten, einem Scherenschnitt gleich:
"Also, ich habe mir das bereits im Vorfeld genau angeschaut."

Sie wendet sich ihren Ausschusskollegen zu und nickt nachdrücklich. Dann erhebt sie die Stimme und spricht laut, ihr ist offenbar klar, dass sie nun ohne die Unterstützung der Lautsprecheranlage des Ratssaales sonst nicht zu verstehen ist: "Sehen sie das Problem, werte Kolleginnen und Kollegen?"

Kurz wartet Frau Senffeld ab, ob jemand ihre rhetorisch gestellte Frage doch noch beantworten will, dann fährt sie mit scharfer Stimme fort, dabei wendet sie sich wieder der Projektionsfläche zu und deutet etwas unpräzise auf die Grundrissdarstellung: "Diese Dachschrägen lassen ein aufrechtes Stehen nur in einem sehr schmalen Bereich des Dachgeschosses zu. An diesem Punkt hier muss sich ein normal großer Mensch schon leicht bücken. Und die geplante Dachgaube beginnt sogar noch weiter weg davon."

Sie wendet sich wieder ihren Ausschussmitgliedern zu. Ihr Blick ist grimmig, dann marschiert sie zurück zu ihrem Platz. Nachdem sie sich gesetzt hat, geht ihr Blick erneut in die Runde und bleibt bei einem Mann Mitte fünfzig hängen. Er sitzt ebenfalls am Tisch der Ausschussmitglieder. Franz von Brrand kann seine Halbglatze von hinten erkennen: "Herr Stadtbaumeister Gehrnau, möchten Sie diese Bauvoranfrage kommentieren?"

Der Angesprochene nickt kurz, dann sucht er mit dem Zeigefinger der linken Hand nach dem Taster zur Aktivierung des vor ihm stehenden Mikrofons. Ein lautes Knacken ist zu hören: "Frau Ausschussvorsitzende, das möchte ich gerne."
Eine kurze Gedankenpause folgt. Dann fährt Stadtbaumeister Gehrnau fort: "Die Bauvoranfrage ist zwar vom Büro Planschmiede eingereicht worden, aufgrund des bedauerlichen Umstandes des plötzlichen Todes unseres geschätzten Architektenkollegen sind die Geschicke des Büros nun in neuen Händen. Die Pläne ...", ein Wedeln seiner rechten Hand in Richtung der schief projizierten

Grundrissdarstellungen begleitet seine Ausführungen, "... haben wir heute Morgen erhalten und wie gewünscht dem Ausschuss zur Begutachtung heute Abend vorgelegt."

Über das Mikrofon von Frau Senffeld ist zu hören, wie sie angespannt Luft holt. Dann ergreift die Vorsitzende wieder das Wort: "Also schön. Sind denn in der Planung nach ihrer Beurteilung die relevanten Vorschriften und Vorgaben berücksichtigt?"

Zögerlich wiegt Stadtbaumeister Gehrnau den Kopf. Franz von Brrand kann sehen, wie dabei die Spiegelung der Deckenleuchten über die Halbglatze des Stadtbaumeisters wandern: "Natürlich war in der kurzen Zeit eine sorgfältige Prüfung der Bauvoranfrage von Büro Panschmiede nicht möglich. Aber auf den ersten Blick sind keine offensichtlichen Abweichungen erkennbar. Aber wie zuvor erwähnt, eine eingehende Prüfung steht noch aus."

Der Gesichtsausdruck der Ausschussvorsitzenden wird noch grimmiger: "Ich glaube, ich spreche im Namen meiner Kolleginnen und Kollegen, wenn ich Sie bitte, dass Sie diese Prüfung sorgfältig durchführen. Und ich möchte an dieser Stelle betonen, dass hierbei nach meiner Meinung auch ein besonderes Augenmerk auf die Ergonomie gelegt werden sollte."

Wieder wiegt der Stadtbaumeister den Kopf hin und her, bevor er das Wort ergreift: "Frau Vorsitzende, für den Bereich Ergonomie ist mir die aktuelle Vorschriftenlage nicht geläufig. Darf ich dem Ausschuss empfehlen, dass dafür ein Sachverständigengutachten eingeholt wird? Ich denke, nur so ist dieser wichtige Punkt auch formal korrekt zu behandeln."

Jetzt hat sich Franz von Brrand schockiert auf seinem Platz vorgebeugt. Er schüttelt ungläubig den Kopf über diesen Vortrag. Gerade will er das Wort ergreifen, als die ältere Dame auf dem Stuhl neben ihm Franz von Brrand resolut die Hand auf die Schulter legt und im leise zuflüstert: "Sie dürfen als Zuschauer nichts sagen! Das geht doch nicht!"

Der Moment für einen Einwurf seinerseits ist damit verpasst, die Ausschussvorsitzende hat wieder das Wort ergriffen: "Sehr gut, Herr Stadtbaumeister. Ich schlage vor, dass der Ausschuss die Einholung eines Gutachtens zum Thema Ergonomie mit entsprechender Risikobewertung durch den Antragsteller der Bauvoranfrage, vertreten durch Büro Planschmiede einfordert. Und ich möchte ergänzen, dass das Gutachten auch untersuchen soll, ob weitere, bisher nicht erkannte, gesundheitliche Beeinträchtigungen für die Bewohner durch den Einbau der Dachgaube gegeben sind."

Ernst blickt Frau Senffeld in die Runde ihrer Ausschusskollegen. Dann fährt sie mit Grabesstimme fort: "Ich bitte um Handzeichen, wer stimmt diesem Vorgehen zu?"
Wie auf ein Zeichen schnellen alle Hände der Ausschussmitglieder nach oben. Wie schon den ganzen Abend zählt Frau Senffeld trotzdem umständlich und formal die Stimmen und lässt das Ergebnis dann ins Protokoll aufnehmen:

"Dem Vorgehen wurde somit einstimmig zugestimmt. Herr Stadtbaumeister, bitte informieren Sie das Planungsbüro der Bauherrschaft entsprechend."

Franz von Brrand kann nicht glauben, was eben geschehen ist. Er hat mit allem gerechnet, aber so etwas war außerhalb seines Vorstellungsvermögens. Noch nie hat er davon gehört, dass eine Bauvoranfrage dazu führt, dass ein Ergonomiegutachten gefordert wird. Verzweiflung macht sich in ihm breit. Das Ende der Sitzung erlebt er wie im Nebel. Wenn die Dinge in Kleinberghain so gehandhabt werden, stehen ihm harte Zeiten als Architekt bevor.

Wieder ertönt der sanfte Dreiklang, die Sitzung ist beendet. Die Menschen erheben sich von den Stühlen und schnell leert sich der Saal. Franz von Brrand bleibt noch sitzen. Ständig schüttelt er den Kopf in der unrealistischen Hoffnung, dass er aufwacht und dass alles nur ein böser Albtraum war.
"Herr von Brrand nehme ich an?" Jetzt blickt Franz von Brrand auf. Vor ihm steht ein Mann mit Halbglatze. Der Stadtbaumeister spricht ihn an, wie ihm schlagartig bewusst wird.
"Ja?"
Ein tiefgründiges Nicken des Stadtbaumeisters begleitet dessen Musterung des vor ihm sitzenden, jungen Architekten. Dann fährt der Stadtbaumeister fort: "Schön, dass wir uns kennenlernen."

Jetzt steht Franz von Brrand auf und streckt dem Stadtbaumeister die Hand zum Gruß hin. Dieser blickt sein Gegenüber weiter abschätzig an, bevor er mit sichtbarem Widerwillen die Hand ergreift und kurz schüttelt. Ein schwitzender, lascher Händedruck ist das, geht Franz von Brrand durch den Kopf.

"Sie haben den Beschluss des Ausschusses mitverfolgen können. Sie hören morgen von meinem Amt. Ich denke, eine E-Mail müsste doch ausreichen, nicht wahr?"
Wie in Trance nickt Franz von Brrand seinem Gegenüber zu. Dieser nimmt diese wortlose Bestätigung zur Kenntnis und verabschiedet sich dann übergangslos.
"Hervorragend. Ich wünsche Ihnen noch einen guten Abend."
Ein letztes, angedeutetes Nicken, begleitet von einem leicht zynischen Lächeln, dann lässt der Stadtbaumeister Franz von Brrand stehen.

Franz von Brrand bleibt noch einige Minuten wie versteinert sitzen. Dann erhebt er sich mühsam und verlässt mit hängenden Schultern den Ratssaal. Der noch mit Aufräumarbeiten beschäftigte Stadtmitarbeiter blickt ihm nach und nickt dabei wissend, gerade so als ob er heute Abend dem ersten Akt eines für ihn bekannten Schauspiels erneut beigewohnt hätte.

Vor dem Rathaus angekommen muss sich Franz von Brrand erst orientieren. Er ist noch sehr fremd in seiner neuen Heimat Kleinberghain. Als er seinen Weg erkennt, macht er sich mit langsamen Schritten auf den Nachhauseweg. Unbewusst zeigen seine hängenden Schultern seinen inneren Gemütszustand. Als ob das Wetter seinen Teil beitragen wollte, beginnt es auch noch zu regnen. Franz von Brrand nimmt den Regen als weiteren, bitteren Hieb des Schicksals hin und spürt mit fatalistischer Enttäuschung, wie sein schütteres Haar und dann sein geliebtes Leinensakko zuerst leicht feucht wird und dann schließlich komplett durchnässt sind.

Im Schatten des Eingangs zum "Roten Hasen", einer der etwas einfacheren Orte der Gastlichkeit in Kleinberghain, klimmt eine Zigarette auf. Der Raucher inhaliert tief. Dann wirft er die Zigarette zu Boden und tritt sie aus. Dabei macht er einen Schritt nach vorn und so wird sein Profil von den letzten Monat neu installierten LED-Lampen der Straßenbeleuchtung beschienen. Die alte Beleuchtung hat auch die Gehwege und Eingangsbereiche der Häuser beschienen; die neuen LED-Lampen sind da sehr viel konsequenter, beleuchtet wird nur die Straße, schließlich heißt es ja Straßenbeleuchtung und nicht Bürgersteigbeleuchtung. Kurz blickt der Mann dem davon trottenden, jungen Architekten nach. Es ist der Makler, der Franz von Brrand bei der Beerdigung seiner Tante angesprochen hat. Dann grinst der Makler gehässig und garniert diesen Gesichtsausdruck mit einem nachdrücklichen Nicken. Schließlich wendet er sich um und geht zurück in den "Roten Hasen". Er hat dem Stadtbaumeister versprochen, dass all dessen Getränke heute Abend auf seine Rechnung gehen. Als Makler weiß man schließlich, wie man Kontakte zu den wichtigen Menschen in Kleinberghain pflegen muss.

5 Ein Gutachten wird verhindert

Franz von Brrand war der Erste, der heute Morgen im Büro erschien. Wie üblich hat er den Weg von seinem Häuschen, inzwischen hat er auch unbewusst den erbschaftsbedingten Eigentumsübergang des kleinen Häuschens seiner Tante auf sich selbst akzeptiert, hierher zu Fuß zurückgelegt. Nach dem Regen gestern Nacht ist die Welt heute Morgen wieder neu entstanden. Vögel zwitschern, die Sonne scheint wunderbar warm auf den vom Regen der gestrigen Nacht sauber gewaschenen Straßen und Wegen von Kleinberghain. Aber Franz von Brrand hat all diese Wunder der Natur nicht wahrgenommen. Immer noch ist er schockiert, nein, sogar verzweifelt ob der Erlebnisse von gestern Abend. Hätte ihm jemand erzählt, das ein einfacher, ja banaler Einbau einer Dachgaube von Amts wegen, ein Gutachten zur Ergonomie und noch befremdlicher zur Untersuchung möglicher Gesundheitsbeeinträchtigungen gefordert wird, er hätte ihm nicht geglaubt. Wie schon so oft seit gestern Abend schüttelt er den Kopf. Vor ihm, auf seinem Schreibtisch, liegen die Grundrisse und Ansichten, die er erstellt hat. Erneut versucht er einen fachlichen Fehler auf diesen Plänen zu entdecken, aber wie all die vielen Male, als er dies seit er heute Morgen im Büro ankam, versucht hat, kann er keinen Fehler finden. Die Pläne sind seiner Meinung nach sogar zu gut für eine einfache Bauvoranfrage. Noch im Maßstab 1:100 dargestellt, zeigen sie bereits viele Details, die üblicherweise erst in den Arbeitsplänen aufgeführt sind. Diese sind dann meist im Maßstab 1:50 gezeichnet und dienen den ausführenden Handwerkern als Arbeitsgrundlage. Und wieder atmet er tief ein und enttäuscht aus.

"Guten Morgen, Chef!"

Traurig blickt Franz von Brrand auf. Vor ihm steht Aysche Gülügül, seine Bürokraft. Schon in der kurzen Zeit seines Wirkens hier im Büro Planschmiede ist ihm klar geworden, dass diese Frau die gute Seele des Büros ist. Ohne Aysche Gülügül wäre das Büro hilflos den Wirrungen der Büroverwaltung und Organisation ausgeliefert. Müsste er diese Aufgaben selbst übernehmen, so würde Franz von Brrand jedem Sirenengesang einer notwendigen Verwaltungstätigkeit folgen und am Ende einem der Verwaltungsmonster zum Opfer fallen. Aber die nachdrückliche Kompetenz von Frau Gülügül hält das Büro auf Kurs und steuert es sicher durch diese Engen, gleich Homer, der sein Schiff und damit sich selbst und seine Gefolgschaft sicher zwischen Skylla und Charybdis hindurchnavigierte. Wieder schüttelt Franz von Brrand den Kopf, dieses Mal um sich selbst zu ermahnen, aus seiner abseitigen Gedankenwelt heraus in die Wirklichkeit zu kommen. Aysche Gülügül hält ihrem Chef mit fröhlichem Grinsen eine dampfende Tasse hin. Die Tasse ist bedruckt mit Texten, die erklären, warum Mama doch die Beste ist.
Dankbar greift Franz von Brrand zur Tasse: "Danke schön, das kann ich jetzt gebrauchen."

Mit einem freundlichen Lächeln nickt sie ihm zu:

"Gerne doch."

Dann wird ihr Blick ernst: "Und machen Sie sich keine Sorgen um dieses Gutachten. Das Stadtbauamt wird es am Ende doch nicht einfordern."

Verblüfft blickt Franz von Brrand seine Mitarbeiterin an. Dann haucht er leise: "Warum nicht?"

Aysche Gülügül schnappt sich einen Stuhl und setzt sich ihrem Chef gegenüber. Dann blickt sie ihn ernst an: "Na ja, meine zweite Cousine väterlicherseits hilft dann und wann in der Firma ihres Großonkels aus."

Franz von Brrand nickt seiner Mitarbeiter aufmunternd zu, sodass diese sich zurücklehnt und fortfährt: „Nichts Großes, nur putzen, ihr Großonkel hat eine Reinigungsfirma.“
Jetzt fixiert sie mit einem Grinsen ihren Chef: "Und da ist es eben so, dass sie gelegentlich auch im Rathaus von Kleinberghain putzt. Immer abends, spätabends, schließlich kann sie erst putzen gehen, wenn ihr Mann zu Hause ist und auf die Kinder aufpasst."

Verstehend nickt Franz von Brrand.

"Und weil sie so spät im Rathaus putzt, sollte da normalerweise niemand sein."
Jetzt wird sein Nicken von einem Stirnrunzeln begleitet. Worauf möchte seine Mitarbeiterin denn hinaus?
"Aber neulich war sie eben nicht allein. In einer der Nebenräume brannte Licht und es waren Geräusche zu hören!"

Sie macht eine kurze Kunstpause, bevor sie fortfährt: "Tja, und meine zweite Cousine väterlicherseits hat dann ganz vorsichtig die Tür geöffnet und in den Raum hinein gespäht."
Er hält den Atem an, denn er ist sich sicher, dass nun die auflösende Katharsis folgt.
"Sie hat jemanden gesehen, also um genau zu sein, einen älteren Mann und eine junge Frau. Die haben zusammen, Sie wissen schon ..."

Er nickt verständnisvoll wissend, obwohl ihm die Scham vieler Menschen beim Thema Sexualität seit jeher ein Rätsel war.
"Und sie hat die beiden natürlich erkannt."
Angespannt beugt sich Franz von Brrand vor.
"Die Frau war die Praktikantin der Poststelle."
Noch weiter beugt er sich vor, indessen kommt die eigentliche Sensation zur Sprache.
"Und der Mann war der Herr Gehrnau. Nicht zu glauben, nicht wahr?"

Explosionsartig lässt Franz von Brrand die Luft aus seinen Lungen entweichen. Dann denkt er über das Gehörte nach. Schließlich geht sein fragender Blick zurück zu Aysche Gülügül, die ihm mit neutralem Gesichtsausdruck gegenübersitzt.
"Das ist wirklich interessant. Aber wie soll uns das dabei helfen, dieses unsinnige Gutachten zu verhindern?"
Aysche Gülügül wiegt den Kopf: "Meine Cousine hat das nicht nur mir erzählt, sondern gleich heute Morgen auch der Praktikantin in der Poststelle, schließlich putzt sie sporadisch bei deren Eltern zu Hause. Und die ist

dann sofort zu ihrem Liebhaber gerannt und hat sich dort ausgeweint."

Jetzt grinst ihn seine Bürokraft hinterhältig an: "Ach ja, meine Cousine hat der Praktikantin natürlich auch gesagt, dass sie das bereits mir erzählt hat. Und ich bin mir sicher, dass Herr Gehrnau genau weiß, wo ich arbeite!"

Einen Moment schaut Franz von Brand verblüfft. Dann beginnen seine Gedanken zu rasen. Als Erstes nimmt er sich vor, es sich niemals, unter keinen Umständen, mit Aysche Gülügül zu verderben. Mit sicherem Instinkt weiß er, dass es sicher ungefährlicher ist, den KGB, den Mossad oder die CIA zu betrügen. Aber diese Frau ist eine ganz andere Liga. Und als Zweites überlegt er sich, wie er mit dieser neu gewonnenen Erkenntnis umgehen soll.

Aysche Gülügül hat sich erhoben, den Stuhl wieder zurückgestellt, als das melodische Leuten des Telefons die Stille im Büro zerbricht. Mit einem letzten Nicken macht sie sich auf den Weg zu ihrem Schreibtisch. Dort angekommen, hebt sie ab und meldet sich mit professioneller Stimmlage. Franz von Brrand kann nicht hören, was sie sagt, aber er kann doch wahrnehmen, dass sie einen Termin aufnimmt. Nach einer wieder mit professioneller Stimmlage gesprochenen Verabschiedung legt sie auf. Sie steht auf und kommt wieder zu ihm ins Büro. In der linken Hand hält sie demonstrativ einen Zettel mit Telefonnotiz in die Höhe: "Wie unerwartet, Herr Gehrnau bittet Sie, ihn noch heute Vormittag aufzusuchen im Hinblick auf das Gutachten

für Marktstraße 11/1."
Er nickt verstehend. Offenbar ist da jemand in Panik geraten.
"So, so. Na denn, schauen wir einmal, was der Stadtbaumeister nun für Ideen hat."
Scharfäugig fixiert ihn seine Bürokraft: "Sie lassen den nicht vom Haken, damit das klar ist!"

Franz von Brrand erinnert sich wieder daran, dass er eben erst für sich selbst beschlossen hat, es sich mit dieser Frau niemals zu verderben. So nickt er ergeben, als er antwortet: "Natürlich nicht."

Aysche Gülügül hält ihren nachdrücklichen Blick aufrecht, als ob sie sich vergewissern wollte, dass Franz von Brrand auch wirklich denkt, was er sagt. Unter diesem scharfen Blick spürt er, wie eine Art innere Stärke, eine Kraft und ein Willen aufkeimen. Der Wunsch, diesem unsäglichen Treiben ein Ende zu bereiten, wird fast übermächtig in ihm. Erneut, dieses Mal langsam und viel nachdrücklicher, gibt er seiner Bürokraft zu verstehen, dass ihm seine Mission mehr als bewusst ist.
Franz von Brrand hat eben einen Blick auf die wahre, innere Stärke dieser Frau werfen dürfen. Es ist die Kraft einer Kriegerin.
Er schnappt sich sein Stoffjacket vom Kleiderhaken und begibt sich auf den Weg hinaus. Als er am Schreibtisch seiner Bürokraft vorbeikommt, blickt diese auf und grinst ihn fröhlich an, dabei hebt sie beide Daumen aufmunternd nach oben. Dankbar lächelt er zurück und winkt zum Abschied. Den Weg zum Rathaus, besser zur umgebauten Scheune neben dem Rathaus, in der das

Stadtbauamt residiert, kennt er nun schon. Ein kleiner Teufel in seinen Gedanken lässt ihn dabei die Melodie des Walkürenritts pfeifen, obwohl ihm Wagner als Komponist ansonsten viel zu üppig ist und er daher seine Musik selten hört.

6 Der Kompromiss

Die Tür zum Vorzimmer des Stadtbaumeisters ist offen, sodass Franz von Brrand vorsichtig eintritt. Nach menschlichem Ermessen kann sich hier niemand verstecken, da er den ganzen Raum überblickt und das trotz der vielen Aktenstapel, die sich gen Zimmerdecke türmen. Zur Sicherheit, mehr um sich selbst zu beruhigen, räuspert er sich, um dann ein vernehmliches: "Guten Tag!" zu äußern. Tatsächlich folgen dieser Begrüßung Geräusche aus dem Zimmer, das weiter hinten durch eine ebenfalls offene Tür erreicht werden kann. Der uralte Dielenboden knarzt vernehmlich, dann kann Franz von Brrand auch Schritte hören. Ein Mann, es handelt sich um den Stadtbaumeister Gehrnau, steht in der Türe, die in den hinteren Raum führt. Fast erschrocken blickt dieser den Besucher an: "Oh, Herr von Brrand."

Etwas hilflos blickt sich der Stadtbaumeister im Vorzimmer um. Franz von Brrand kommt es so vor, als ob Herr Gehrnau wider aller Erkenntnis, dass dieser gerade alleine mit ihm ist, darauf hofft, dass sich doch noch eine Person hinter einer der Aktentürme verbirgt.

Höflich begrüßt er sein Gegenüber nun seinerseits: "Guten Tag, Herr Gehrnau."

Der Stadtbaumeister strafft die Schultern und versucht seiner Miene ein Lächeln aufzudrängen: "Kommen Sie doch herein."

Mit diesen Worten wendet er sich um. Wieder ist das laute Knarzen des Dielenbodens zu hören, auch als Franz von Brrand der Einladung folgend dem Stadtbaumeister in sein Büro folgt. Als er das Büro betritt, hat sich Herr Gehrnau bereits hinter seinen Schreibtisch gesetzt. Er blickt seinen Besuch an und bietet ihm mit generöser Geste des rechten Armes einen Platz an. Vor dem Schreibtisch stehen zwei Stühle, ein einfacher Holzstuhl und ein gepolsterter Stuhl mit Holzbrettern als Armlehnen. Franz von Brand entscheidet sich für den gepolsterten Stuhl. Als er auf den Stuhl zugeht, ist bei jedem Schritt das überlaute Knarzen der Dielen zu hören und als er sich schließlich setzt, bereut er seine Stuhlwahl umgehend. Der Stuhl erweckt zwar den optischen Eindruck, er verfüge über eine Polsterung, aber tatsächlich ist diese de facto nicht vorhanden und Franz von Brrand sitzt nun auf einer mit dünnem Stoff überzogenen und ansonsten völlig unbequemen Holzplatte. Zu allem Überfluss führt jedwede Bewegung, die er macht, sofort dazu, dass der Dielenboden diese unglaublich lauten Knarzgeräusche erzeugt. Franz von Brrand beschließt, dass ihn diese Unannehmlichkeit nicht aus der Ruhe bringen wird. Mit höflichem Gesichtsausdruck blickt er den Stadtbaumeister wartend an. Dieser scheint zu überlegen, wie er das Gespräch beginnen soll.

"Also, zuerst muss ich das einfach fragen. Von Brrand - mit zwei r?"

Franz von Brrand seufzt auf und will sich eben leicht seinem Gegenüber zuneigen, als das eigentlich zu erwartende Knarzen des Bodens ihn in seiner Bewegung innehalten lässt. So verharrt er in einer seltsam vorgebeugten, aber nicht zum Ende der Bewegung geführten Körperhaltung.

"Tatsächlich, zwei r. Irgendein Mönch im Mittelalter hat wohl beim Übertrag des Namens von einer Urkunde zur anderen ein zusätzliches r eingefügt und danach war es wohl nicht mehr möglich, dieses Missgeschick zu ändern. Also ja, Brrand mit zwei r. Tut mir leid." Verstehend bewegt sein Gegenüber den Kopf leicht auf und ab: "Ah, verstehe. Nun ja, Urkunden sind Urkunden, nicht wahr? Damit werden unausweichlich Fakten geschaffen."

Franz von Brrand vermutet, dass der Stadtbaumeister diese Antwort nicht nur als Kommentar in Form des gesellschaftlich üblichen Small Talks formuliert hat, sondern dass Herr Gehrnau ihm damit zwischen den Zeilen etwas ganz anderes bedeuten möchte.

Ein lautes Knarzen des Dielenbodens im Vorzimmer entlässt ihn dann aus der Verantwortung zu einer direkten Antwort. Das Knarzen kommt näher. Es sind resolute Schritte zu hören. Franz von Brrand wendet sich gerade um und der Tür zu, als eine ältere Frau den Raum betritt. Froh ein bekanntes Gesicht zu sehen, lächelt Franz von Brrand die Frau an und macht Anstalten sich zur Begrüßung zu erheben: "Frau Mehlmaier, das ist ja eine Überraschung!"

Er streckt der Frau, die unter dem linken Arm eine dicke Aktenmappe aus blassrosa Kartonpapier trägt, die

Hand entgegen. Ein eisiger Blick lässt ihn dann jedoch zögern und die Hand zurückziehen.

"Von Brrand, natürlich. Guten Tag. Und ich nenne mich wieder Zerrfried, bitte beachten Sie dies zukünftig."

Verdattert nickt Franz von Brrand und blickt dann Hilfe suchend zum Stadtbaumeister. Dieser flüstert ihm halblaut, als ob damit ein Mithören durch Frau Zerrfried vermieden werden könne, eine an und für sich vollkommen abwegige Überlegung, zu: "Frau Zerrfried hat sich letztes Jahr von ihrem Mann getrennt. Deshalb arbeitet sie jetzt auch nicht mehr im Sekretariat des Gymnasiums, sondern bei uns in der Stadtverwaltung."

Verstehend nickt Franz von Brrand und wendet sich wieder der immer noch eisig dreinschauenden Frau Zerrfried zu: "Ich verstehe, Sie haben wieder ihren Mädchennamen angenommen!"

Eigentlich hätte man es nicht für möglich gehalten, aber die Stimme von Frau Zerrfried wird noch eisiger, man kann förmlich spüren, wie sich die Luft im Raum abzukühlen scheint: "Meinen Geburtsnamen, Herr von Brrand, nicht Mädchenname!"

Mit aggresivem Schwung platziert die offensichtlich verstimmte Frau Zerrfried die Akte laut klatschend auf dem Schreibtisch des Stadtbaumeisters. Sofort wendet sie sich wortlos um, wirft Franz von Brrand noch einen weiteren, noch kühleren Blick zu und verlässt unter lautem Knarzen des Dielenbodens das Büro. Franz von Brrand erwartet, dass die Tür nun lautstark geschlossen wird, aber im Gegensatz zum Boden scheinen die Türen hier völlig ohne Geräuschentwicklung zu funktionieren.

"Sie müssen entschuldigen, beim Thema Namen ist Frau Zerrfried sehr klar positioniert. Aber ansonsten ist sie eine Perle, eine Perle sage ich ihnen. Ohne sie würde nichts laufen."

Franz von Brrand hat sich wieder dem Stadtbaumeister zugewandt und sinniert dabei, wie viel denn auf diesem Amt unter Mithilfe von Frau Zerrfried laufen könnte. Er erinnert sich noch allzu gut daran, dass sie als zweite Sekretärin des Direktors des Gymnasiums eher dafür bekannt war, was alles nicht rechtzeitig fertig wurde. Er schiebt den Gedanken zur Seite und versucht das Gespräch wieder auf für ihn wichtige Bahnen zu lenken: "Also schön, Herr Gehrnau, Sie baten darum, mich zu sprechen. Hier bin ich!"

Franz von Brrand lächelt sein Gegenüber versuchsweise an und hat bei seinen Worten den rechten Arm leicht bewegt. Der Dielenboden kommentiert diese Bewegung sofort mit lautem Knarzen.
Der Stadtbaumeister verharrt regungslos hinter seinem Schreibtisch. Franz von Brand vermutet, dass man sich bei diesem Dielenboden sicher zweimal überlegt, bevor man sich bewegt.

"Nun, das lief gestern Abend in der Sitzung des TA doch etwas aus dem Ruder, muss ich sagen. Leider ist es so, dass auch Frau Senffeld sich erst kürzlich von ihrem Mann getrennt hat und wie man hört, verläuft

diese Trennung alles andere als reibungslos."
Franz von Brrand hört aufmerksam zu. Der Stadtbaumeister fährt mit verschwörerischem Ton fort.

"Es wird gemunkelt, dass da außer den beiden noch weitere Personen involviert sind, Sie verstehen?"

Franz von Brrand fragt sich, ob es seinem Gegenüber klar ist, dass dieser sich gerade bildlich gesprochen hinaus auf die Planke eines Piratenschiffes bewegt hat, das sich in mit Haien verseuchten Gewässern befindet. Ihm kommt der nachdrückliche Blick seiner Bürokraft in den Sinn und so ergreift er an dieser Stelle in einer eigentlich für ihn gänzlich untypischen Art der gezeigten Konfrontationsbereitschaft die Initiative: "Das hört man hier in Kleinberghain durchaus öfters. Erst kürzlich wurde mir von einem ähnlichen Fall berichtet."
Das laute Knarzen des Dielenboden ignorierend beugt er sich vor: "Allerdings gibt es in dem Fall, soweit ich weiß, noch keine Trennung."
Lässigkeit vortäuschend lehnt er sich wieder zurück, jetzt empfindet er das Knarzen, das der Dielenboden natürlich auch bei dieser Bewegung vernehmlich macht, als gute, theatralische Untermalung seiner Aussage. Mutig geworden, setzt er nochmals nach: "Und wenn es nach mir geht, kann das vorerst auch so bleiben, wenn Sie verstehen, was ich meine!"

Er versucht jetzt, den intensiven Blick seiner Bürokraft nachzuahmen und schaut Herrn Gehrnau ernst in die Augen. Dieser windet sich förmlich unter seinem Blick. Nach einem angestrengten Räuspern setzt der Stadtbaumeister in verschwörerisch, leisen Ton zur Antwort an:

"Natürlich, natürlich. Das muss ja nicht sein. Also ..."

Fahrig greift der Stadtbaumeister zur Akte, dabei muss er sich weit vorbeugen und der Dielenboden kommentiert diese Bewegung mit einem lauten Knarzen, dieses Mal meint Franz von Brrand sogar ein sägendes Geräusch, als Unterton im eigentlichen Knarzen wahrgenommen zu haben.

"Ja, unser Dielenboden. Der ist schon etwas Besonderes."

Herr Gehrnau ist sichtlich froh, dass er das Thema wechseln kann. Franz von Brrand fällt wieder zurück in die ihm eigene Wesensart und geht konziliant auf den Themenwechsel ein: "Was macht denn diesen Boden so besonders?"
Froh darüber, sich in ihm vertrauteren Gewässern zu bewegen, setzt Herr Gehrnau zu einer wortreichen Erklärung an.
"Sie müssen wissen, Herr von Brrand, dass dieses Gebäude früher eigentlich nicht zum Rathaus gehörte. Es war tatsächlich ein Nebengebäude des größten Bauernhofes im Stadtgebiet. Das ist natürlich schon lange her. Aber vor knapp zweihundert Jahren war das hier …", seine Augen gehen zur Decke und seine Hände machen eine einnehmende Bewegung, die den ganzen Raum umfasst und natürlich von entsprechendem Knarzen des Dielenbodens begleitet wird, "... ein Stall. Genau unter mir war der Schweinekoben!"

Mit dem Kinn nickt er nachdrücklich auf die Schreibtischplatte: "Und auf dieser Etage waren die Schafe untergebracht."

In einer seltenen Anwandlung von Humor denkt Franz von Brrand bei sich, dass diese Nutzungsaufteilung heute wohl immer noch so erkannt werden kann.

"Als wir mehr Platz benötigten, hat unser Bürgermeister Blau einen Deal mit dem Denkmalschutz ausgehandelt."

Jetzt hört Franz von Brrand aufmerksam zu. Bauvorhaben unter Beteiligung des Denkmalschutzamtes kennt er nur aus Erzählungen. Meist haben die Geschehnisse dieser Erzählungen ein unbefriedigendes, ärgerliches Ende gefunden.

"Wir haben uns dazu verpflichtet, den gesamten Altbestand ordentlich zu erfassen und die erhaltbaren Bauelemente zu bewahren. Es gab ja außer den Eintragungen in den alten Kirchenakten fast keine Unterlagen. Also haben wir die gesamten Altbestände erfasst und unsere Akten damit geheilt."

Wieder streckt der Stadtbaumeister die Arme nach beiden Seiten aus, Franz von Brrand vermutet, dass sein Gegenüber dies als Gewinnerpose gedeutet sehen will. Das zu erwartende Knarzen lässt den Eindruck jedoch etwas verblassen.

"Der Dielenboden war das Einzige, was wir neben dem Fachwerk retten konnten. Alles andere war viel zu marode. Das hat am Ende sogar das Denkmalschutzamt eingesehen. Aber beim Dielenboden sind sie hart geblieben, glauben sie mir. Wie oft ich auch versucht habe, wenigstens einige der Bodenflächen sanieren zu dürfen, jedes Mal bin ich auf Granit gestoßen."

Enttäuscht lehnt sich Herr Gehrnau wieder in seinem Schreibtischstuhl zurück, ein unerwartet leises Knarzen ist dabei zu vernehmen. Franz von Brrand schaut sein Gegenüber abwartend an. Dann meint er, dass für einen kurzen Moment das Aufglimmen eines bösartigen Grinsens die Miene des Stadtbaumeisters ändert, aber dann ist der Moment schnell vorbei.

"Also, mein lieber Herr von Brrand, zurück zum TA. Ich denke, ich kann Frau Senffeld nochmals ausreden, dass wir auf dieses Gutachten bestehen. Ich könnte zum Beispiel anführen, dass die Sorge um Ergonomie berechtigt ist, aber dass das Baurecht aktuell dazu wenig bis überhaupt nichts zu sagen hat."

Franz von Brrand versucht, das Gespräch am Laufen zu halten: "Das wäre schön. Also verzichtet das Stadtbauamt auf das Gutachten?"

Generös lächelnd nickt ihm der Stadtbaumeister zu: "Natürlich, das wäre schließlich nur eine Ansammlung von Aussagen und Informationen, die am Ende niemandem helfen würde. Es ist sicher besser, wenn derartige Informationen nicht weiter verfolgt würden, wenn Sie verstehen, was ich meine?"

Bei diesen Worten ist der Blick des Stadtbaumeisters wieder ernst, fast bettelnd. Franz von Brrand reagiert so, wie er es schon immer getan hat. Er unterstützt das

Streben nach Harmonie und Schlichtung, also nickt er seinem Gegenüber zu: "Natürlich. Nicht alle Informationen müssen auch verbreitet werden."

Ein Aufatmen seines Gegenübers folgt, dann beugt dieser sich wieder unter der Knarzbeschallung des Dielenbodens vor: "Aber wie gesagt, die Akten müssen geheilt werden. Und wenn ich mir die Unterlagen zur Marktstraße 11/1 anschaue ..."
Mit geübt amtlicher Pose blättert der Stadtbaumeister jetzt in der Akte vor ihm auf dem Schreibtisch. Er fährt mit dem Zeigefinger der rechten Hand hier und dort über Geschriebenes, dann blickt er wieder auf. Jetzt ist seine Miene neutral, amtlich.
"Nun hier sehe ich, dass bei den Renovierungsarbeiten für die drei Hauptgeschosse und der Keller komplette Grundrisse neu erstellt wurden. Aber zum Dachgeschoss finde ich nichts."
Fragend blickt der Stadtbaumeister auf.

Franz von Brrand nickt bestätigend: "Das ist richtig, auch wir haben nur vom Keller, dem Erdgeschoss, OG 1 und OG 2 aktuelle Pläne. Das Dach ist noch so, wie im ursprünglichen Baugesuch dargestellt, also unverändert."

Sein Gegenüber nickt, ein Verstehen vortäuschend: "Ist das so, also ich meine damit, dass das Dachgeschoss unverändert ist?"
Franz von Brrand hält von dieser Frage verwundert den Kopf schief: "Was meinen Sie damit, Herr Gehrnau?"

Wieder lehnt sich der Stadtbaumeister unter Ignorieren

der Knarzgeräusche in seinem Schreibtischstuhl zurück: "Ich meine damit, ob sie den Zustand des Dachstuhls überprüft haben, also ob er den alten Plänen noch entspricht."

Zögerlich schüttelt Franz von Brrand den Kopf: "Nein. Wir haben die Pläne für die Bauvoranfrage erstellt, noch kein Baugesuch und noch keine Arbeitspläne."

Der Stadtbaumeister nickt verstehend. Dann blickt er, Erschrecken vortäuschend, auf seine Uhr. Spontan steht er auf, eine Bewegung, die vom Dielenboden mit einem weiteren bösartigem Knarzen begleitet wird: "Oh, so spät, ich habe völlig die Zeit vergessen."

Er lächelt Franz von Brrand an, ein falsches Lächeln, wie dieser sich sofort innerlich eingesteht: "Also, wir machen Folgendes: Sie ergänzen die Bauvoranfrage so, dass der tatsächliche Istzustand des Dachgeschosses sauber auf den Plänen dokumentiert ist und wir verzichten dafür auf die vom TA geforderte Gutachten zur Ergonomie und Gesundheitsbeeinträchtigung."

Der Stadtbaumeister streckt Franz von Brrand, der sich unter ähnlicher Geräuschentwicklung des Dielenbodens ebenfalls erhoben hat, nun auffordernd die Hand entgegen. Kurz ist sich der junge Architekt unsicher, ob dieses Angebot nicht eine weitere Falle ist. Aber wenn, dem so ist, kann er sie im Moment nicht erkennen. Also lächelt er dem Stadtbaumeister beim Antworten zu, ergreift dessen dargebotene Hand und besiegelt das Gesagte mit einem festen Händedruck: "In Ordnung, Herr Gehrnau. Sie hören baldmöglichst von uns."

"Wunderbar. Ich muss mich nun entschuldigen, Sie verstehen, der Termin ..."

"Natürlich, kein Problem. Ich finde selbst hinaus."

Ein letztes Nicken, dann wendet sich Franz von Brrand zum Gehen um. Schnell hat er das nun wieder verwaist daliegende Vorzimmer durchquert. Das Schicksal scheint ihm hold zu sein, Frau Zerrfried ist nicht anwesend und so bleiben ihm weitere, eisige Blicke erspart. Als er endlich im Flur vor dem Büro des Stadtbaumeisters steht, atmet er erleichtert auf. Das lief doch gar nicht so schlecht, denkt er bei sich. Wieder einmal schiebt er das bohrende Gefühl im Magen zur Seite. Obwohl er weiß, dass es ihn eigentlich vor zukünftigem Unbill warnen möchte.

Mit forschen Schritten auf knarzendem Dielenboden verlässt er das Gebäude und macht sich auf den Weg zurück in sein Büro.

7 Die Alma Mater ruft

"So machen wir das, wunderbare Idee, Herr Berling."

Der junge Praktikant im Büro Planschmiede wird leicht rot und bedankt sich nickend mit einer leise gestammelten Bemerkung. Franz von Brrand lächelt ihm noch einmal aufmunternd zu und geht dann zurück zu seinem Schreibtisch. Den ganzen Morgen hat er mit seinem Praktikanten verbracht. Er ist ein unsicher wirkender, junger Mann mit einem messerscharfen Verstand, den dieser jedoch meist hinter einer eher etwas unbeholfenen Wesensart verbirgt. Der junge Architekt muss sich eingestehen, dass Flobär, so wird der Praktikant eigentlich von allen außer dem Chef des Büro Planschmiede gerufen, neben seiner Bürokraft die zweitwichtigste Person hier ist. Diese Abkürzung ist eine infantile Zusammenführung der Silben seiner Vornamens mit seinem Familiennamen. Flobär ist seit fast eineinhalb Jahren Praktikant im Büro. Franz von Brrand ist nicht wirklich klar, ob diese Praktikantentätigkeit aktuell im Rahmen der universitären Ausbildung geleistet wird. Da werden die jungen, gänzlich unerfahrenen Studenten in das trübe Wasser der harten Architektenwirklichkeit geworfen und müssen sich in der wirklichen Welt beweisen, was im Prinzip bedeutet, dass sie normalerweise unwichtige Fleißarbeiten für einen Hungerlohn zu erledigen haben. Franz von Brrand nimmt sich vor, beim nächsten Treffen mit der Schwester des verstorbenen Gründers vom Büro Planschmiede nachzuhaken, denn er hat den Verdacht, dass diese Praktikumstätigkeit von Herrn Berling inzwischen viel zu lange andauert. Aber missen möchte er Flobär nicht, schließlich ist er der Einzige, der die IT des Büros versteht und bedienen kann, sozusagen ein Hybride zwischen Praktikant und Administrator. Franz von Brrand ist an seinem Schreibtisch angekommen. Seine Bürokraft hat für ihn sauber beschriebene Telefonnotizen aufgereiht. Er überfliegt diese kurz und mit großem Erstaunen bleibt sein Blick an einer der Notizen hängen. Der Direktor des Gymnasiums Kleinberghain bittet ihn, schnellstmöglich im Rektorat vorbeizuschauen. Vollkommen irrationaler Weise läuft es Franz von Brrand leicht fröstelnd den Rücken hinab. Seit er vor vielen Jahren dort die Schulbank gedrückt hat, lösten derlei Einladungen immer ein sorgenvolles Gefühl der eigenen Fehlbarkeit bei ihm aus. Obwohl er im Großen und Ganzen ein eher unauffälliger Schüler war, da gab es doch diesen Vorfall im Chemielabor, nachdem der Laborbereich von der Feuerwehr geräumt und am Ende auch renoviert werden musste. Zum Glück hat der Brandsachverständige der Versicherung als Hauptursache für diesen Vorfall undichte Gasleitungen der Bunsenbrenner identifiziert. Damit die Bedeutung der von Franz von Brrand heimlich durchgeführten Versuche mit Phosphor, Schwefel und Salpeter glücklicherweise aus dem Fokus der Verantwortung genommen. Noch heute wird sein Blick sorgenvoll, um nicht zu sagen ängstlich, wenn er an diese drei Wochen der inneren Anspannung zurückdenkt, die zwischen dem eigentlichen Vorfall und der Vorlage des Gutachtens des Brandsachverständigen der Versicherung lag. Er holt tief Luft und schiebt diese schwierige Erinnerung beiseite. Sinnierend blickt er auf. Flobär arbeitet an der Vorbereitung der detaillierten

Ist-Aufnahme des Obergeschosses von Marktstraße 11/1. Franz von Brrand nickt beruhigt vor sich hin, sein Praktikant ist mehr als qualifiziert für diese Arbeit und er schätzt, dass spätestens übermorgen die Pläne der Bauvoranfrage mit den aktuellen Daten überarbeitet vorliegen. Er hat das Projekt im Prinzip gänzlich in die Hände des Praktikanten gelegt, schließlich muss jeder, der sich auf den Weg zum Erklimmen des Olymp der architektonischen Großleistungen befindet, irgendwann einmal die Verantwortung für ein Projekt tragen. Der Einbau einer Dachgaube bietet sich da wunderbar an. Für heute hatte sich Franz von Brrand eigentlich vorgenommen, an den Grundrissen des Mehrfamilienobjektes zu arbeiten. Immer noch beschäftigt ihn der Gedanke, dass bei geschickter Raumplanung neun statt der bisher acht Wohneinheiten möglich sein sollten. Dadurch würde die Finanzierungsplanung profitabel beeinflusst und er erhofft sich so bei der Bauherrschaft, einer der stadtbekannten Bauträger in Kleinberghain, punkten zu können. Schließlich benötigt das Büro Planschmiede auch in Zukunft weitere Aufträge. Aber seine Neugier ist geweckt. Er erhebt sich von seinem Schreibtischstuhl und greift sich beim Hinausgehen sein Stoffjackett, das er heute Morgen mit üblicher Routine an den Kleiderhaken neben der Pinnwand gehängt hatte. Als er am Schreibtisch seiner Bürokraft vorbeikommt, lächelt er diese kurz an und informiert sie über sein Vorhaben: "Ich bin unterwegs, im Gymnasium."

"Klar, Chef, viel Vergnügen."
Kurz stutzt er über den fröhlichen, aber mit hintergründigem Unterton vorgebrachten Kommentar von Aysche Gülügül, dann hat er aber schon die Tür erreicht. Mit

beschwingten, federnden Schritt macht er sich auf den Weg. Den Weg zum Gymnasium findet er nach all den Jahren ohne bewusste Anstrengung. Höflich grüßt er den einen oder anderen, entgegenkommenden Passanten. So langsam richten sich die Dinge hier ein, denkt er bei sich. Er lässt es zu, dass er auf dem Weg zum Gymnasium ein wenig in Erinnerungen schwelgt. Als er schließlich vor der alten Eichentür am Haupteingang des Gymnasiums ankommt, ist die Zeit wie im Fluge vergangen. Er drückt die Klinke und zieht die schwere Türe auf. Jetzt, am Vormittag ist der Eingangsbereich leer, kühle und bekannt muffige Luft schwebt ihm entgegen. Er betritt das Foyer und schaut sich um. Als Erstes fällt ihm ins Auge, dass die hintere Wand des altehrwürdigen Gymnasiums aufgebrochen wurde und sich dahinter ein moderner, eleganter Neubau anschließt. Links an der Wand entdeckt er einen Wegweiser. Das Rektorat wurde offensichtlich in den Neubau verlegt. Natürlich für die Direktion nur das Beste denkt er sich zynisch. Schnell ist das alte Foyer durchquert, wie von Geisterhand öffnet sich die Glasschiebetür, die den neuen Glasbau vom Altbestand trennt, automatisch bei seiner Annäherung. Jetzt steht er nicht mehr im dunklen Foyer, das ihm sowohl optisch als auch olfaktorisch noch sehr bekannt vorkommt, sondern inmitten des großen Glasanbaus. In der Mitte ist ein Luftraum, links und rechts ist ein Treppenaufgang aus filigranen Stahlelementen angebracht.

Mit sachkundigem Blick schaut er nach oben. Er kann keine Beschattung der gläsernen Dachflächen erkennen, lediglich zwei Dachfenster, die eine Handbreit geöffnet sind. Das erklärt den schwülen, hitzigen Eindruck, den er sofort beim Betreten dieses neuen Gebäudeteils hatte. Er wendet sich um und nickt fatalistisch, als er die ehemalige Außenwand des alten Gymnasiums betrachtet, die durch den Anbau zur Innenwand wurde. Er kneift die Augen ein wenig zusammen, und tatsächlich erkennt er Feuchtigkeitsspuren, die sich von ganz oben bis zur Bodenebene als Schlieren ausmachen lassen. Traurig nickt er, da hat offenbar jemand weniger Wert auf Bauphysik und Feuchtigkeitsisolation, sondern viel mehr die auf optische Wirkung der Stahl-Glas-Konstruktion gelegt. Seufzend macht er sich auf den Weg zur Treppe. Die Beschilderung zeigt das Direktorat im ersten Stock. Leider obsiegen vielfach die dramatischen Entwürfe bei Architektenwettbewerben für diese Art von Gebäude und nicht die handwerklich ordentlich durchdachten. So etwas passiert eben, wenn wichtige Entscheidungen von Rentnern, Rechtsanwälten und Beamten, diese Berufsgattungen stellen bedauerlicherweise viel zu oft die Mehrheit in Kommunalparlamenten, getroffen werden. Jetzt hat er die ersten beiden Stufen der Treppe erklommen und unbewusst greift seine linke Hand wie im Reflex nach dem Geländer. Verwundert bleibt Franz von Brrand stehen. Dann wird ihm bewusst, was diese Reaktion ausgelöst hat. Die Treppe schwingt spürbar beim Benutzen. Obwohl mit ihm nur ein einzelner Mensch hinaufgeht, ist die filigrane Stahlkonstruktion bereits in Bewegung. Ärgerlich schüttelt er den Kopf und hofft wider besseres Wissens, dass der Prüfstatiker, wenn schon nicht die angenehme Benutzung dann doch wenigstens die statische Integrität sorgfältig untersucht hat, bevor diese Konstruktion von ihm die Freigabe erhielt. Mit vorsichtigen Schritten geht er die restlichen Stufen der schwingenden Treppe hinauf. Oben angekommen betritt er einen Umgang, die Beschilderung weist ihn nach links. Schließlich steht er vor einer Tür, rechts neben dieser ist der Raum dahinter als das Sekretariatszimmer des Direktors beschrieben. Nach einem tiefen Luftholen klopft er energisch an und wartet auf eine Reaktion. Nichts geschieht. In der Sorge, dass er ein vielleicht zu leise gemurmeltes "Herein" überhört, dreht er leicht den Kopf, sodass sein rechtes Ohr besser zur Türe ausgerichtet ist. Immer noch keine Reaktion, also beugt er sich weiter vor, bis sein Ohr schließlich fast am weiß furnierten Türblatt aufliegt.

"Und Sie sind?" Eine resolute Stimme lässt ihn zusammenzucken. Wie ein ertappter Pennäler dreht er sich mit entschuldigendem Gesichtsausdruck um und sieht sich einer kleinen, schlanken Frau gegenüber. Braunes, glattes Haar, burschikos kurz geschnitten, darunter blicken ihm zwei klare, hellgrüne Augen entgegen. Franz von Brrand meint feine Lachfältchen in den Augenwinkeln der Frau zu sehen. Noch bevor er antworten kann, nimmt die Frau mit der rechten Hand einen riesigen Schlüsselbund vom Bücherstapel, den sie mit entspannter Lässigkeit auf der linken Hand balanciert. Sie schiebt sich an ihm vorbei und unter klimperndem Einsatz des Schlüsselbundes öffnet sie die Tür, um dann sofort den Raum dahinter zu betreten. Ein angenehmer Duft von Flieder kommt Franz von Brrand in die Nase, der Geruch des Parfüms der Frau lässt ihn kurz genießerisch einatmen und lächeln.
Jetzt hat die Frau den Bücherstapel auf einer Kante des Schreibtisches, der der Tür gleich gegenübersteht, abgelegt und schaut ihn neugierig an: "Also, ein neuer Versuch: Wer sind Sie?"

Dieses Mal wird die Frage weniger inquisitorisch gestellt, vielmehr mustert sie ihr Gegenüber mit freundlichem Interesse dabei.

"Bitte entschuldigen Sie. Franz von Brrand. Büro Planschmiede. Der Direktor hat in meinem Büro angerufen und darum gebeten, vorbeizuschauen."

Verstehend nickt die Frau: "Ich habe Sie angerufen."

Bei dieser Antwort streckt sie ihm die rechte Hand entgegen und Franz von Brrand wagt es nun einen Schritt ins Sekretariat des Direktors hineinzugehen, dann schüttelt er ihre Hand. Es ist eine sehr angenehme, sanfte Berührung, obwohl der Händedruck nachdrücklich ist, als ob nur ein Teil des möglichen Kraftpotentials für die Begrüßung eingesetzt wird.

"Ich bin Fernanda Simmler."

Franz von Brrand blickt ihr in die hellgrünen Augen. Es dauert einen Moment, dann findet er, nach einem kurzen Räuspern, seine Stimme wieder: "Sehr erfreut."

Ein kurzes, schalkhaftes Nicken, dann lässt Frau Simmler seine Hand los. Dabei empfindet Franz von Brrand eine gänzlich irrationale Art von Verlust. Frau Simmler dreht sich um und marschiert nach links, ins Büro des Direktors, das Franz von Brrand dort vermutet.
"Kommen Sie, wir müssen etwas besprechen."

Er folgt Frau Simmler in das Büro. Sie umrundet gerade den riesigen Schreibtisch aus dunklem Mahagoniholz. Dieses Möbelstück bildet einen fulminanten Kontrast zum ansonsten in warmen, hellen Farben gehaltenen Raum. Franz von Brrand blickt sich um. An den Wänden hängen neben einem Druck von Da Vinci's Proportionsstudie nach Vitruv, ein altes Konzertplakat, das Carlos Santana mit Gitarre auf der Bühne zeigt. Hinter dem Schreibtisch sind in einer Art Collage die Replikas alter Pergamente in einem großen Rahmen aufgehängt.

Frau Simmler lächelt ihn an: "Dieses Ungetüm von einem Schreibtisch habe ich von meinem Vorgänger geerbt. Irgendwann einmal, wenn ich Zeit finde, fliegt das Ding raus. Bitte setzen Sie sich!"

Sie weist einladend mit der Hand auf den Stuhl vor dem Schreibtisch. Ein Stoffstuhl mit Rohrgestell, scheinbar bequem gepolstert, mit elegant geschwungenen Armlehnen aus Holz. Bauhausdesign, wie Franz von Brrand unterbewusst registriert. Er setzt sich vorsichtig und findet sich dann auf einer angenehmen, bequemen Sitzfläche wieder. Frau Simmler hat ihn beobachtet und runzelt die Stirn als sie sich ihrerseits in ihren Stuhl fallen lässt, ein lederbezogenes Ungeheuer Modell "Konzerndirektor".

"Ist der Stuhl in Ordnung, soll ich Ihnen einen anderen holen?"

Franz von Brrand schüttelt lächelnd den Kopf: "Nein, nein, der Stuhl ist sehr bequem. Es ist nur so, dass ich vor Kurzem auf einem ähnlichen Stuhl saß und der war alles andere als bequem. Ich bin also lediglich angenehm überrascht."

Frau Simmler lacht. Es ist ein warmes, fröhliches Lachen, die feinen Lachfalten in ihren Augenwinkeln treten dabei etwas stärker hervor. Ein schöner Anblick denkt sich Franz von Brrand und ruft sich dann umgehend zur Ordnung.

"Dann haben Sie ganz sicher unser Rathaus besucht. Die Stühle sind grausam. Meiner Meinung nach gehören die mit in die UN-Antifolterkonvention aufgenommen und feierlich auf dem Häckselplatz des Bauhofes geschreddert."
Sie grinst ihn bei diesen Worten listig an und beide müssen kurz und herzhaft lachen. Das hat das Eis gebrochen und Franz von Brrand lehnt sich entspannt zurück: "Also Frau Direktorin, wie kann ich Ihnen helfen."

Sie wirft ihm einen missbilligenden Blick, von leichtem Stirnrunzeln begleitet, zu: "Frau Simmler reicht. Ich habe es nicht so mit Titeln."

Verstehend nickt Franz von Brrand, dann antwortet er grinsend ohne zu überlegen: "Dann werden Sie es in Kleinberghain schwer haben. Hier scheint alles und jedes von Titel und Position in der Stadtgesellschaft bestimmt zu sein."

Frau Simmler antwortet mit verschwörerischem Nicken: "Wie recht Sie haben, Herr von Brrand. Sie und ich sind dabei wohl die Exoten."

Kurz tauschen beide tiefe Blicke aus, dann holt Frau Simmler tief Luft, bevor sie fortfährt: "Also schön. Ich bin die Direktorin, aber ich unterrichte noch Latein und Biologie."

Franz von Brand löst seinen Blick mühevoll von ihrem Gesicht und blickt auf die Collage mit Replikaten von Pergamenten, die hinter ihr aufgehängt ist: "Nicht Altgriechisch?"

Wieder das warme Lachen, dann nickt ihm Frau Simmler anerkennend zu: "Herrlich, Sie haben die Drucke erkannt. Eine der unbekannteren Buchausgaben eines französischen Illustrators aus dem 19. Jahrhundert."

Franz von Brrand schüttelt den Kopf: "Nein, nicht erkannt. Nur erahnt. Es hat einfach gepasst.

Jetzt beugt sich Frau Simmler neugierig vor: "Was meinen Sie damit?"

Franz von Brrand windet sich etwas, dann beschließt er offen und ehrlich zu antworten: "Frau Simmler, ich halte Sie trotz unserer noch sehr jungen Bekanntschaft für eine intelligente und gebildete Frau mit flinkem Verstand. Und da lag es doch nahe, dass neben Latein auch das Altgriechische für Sie von Interesse ist."

Sie blickt ihn kurz nachdenklich mit ihren hellgrünen Augen an: "Und warum dann Biologie?"

Er lächelt verstehend und hebt wie zur Entschuldigung für seine Antwort die Hände an: "Broterwerb. Mit Latein und Altgriechisch alleine wird das schwer."

Ein Nicken antwortet ihm: "Und Carlos dort, wie ordnen Sie den ein?"

Sein Blick geht zum Konzertplakat mit Carlos Santa an der Gitarre. Dann schaut er ihr wieder offen ins Gesicht: "Das ist einfach guter Musikgeschmack."

Bei dieser Aussage wird ihm ganz warm. Er hat geantwortet ohne seine sonst so übliche Zurückhaltung. Ihr Blick weilt noch einen Moment neutral auf ihm, dann lächelt sie ihn warm an. Franz von Brrand atmet erleichter aus. Er hat gar nicht bemerkt, wie angespannt er auf ihre Reaktion gewartet hat.

Frau Simmler grinst ihn nun neugierig an: "Das wird interessant."

Dann lehnt sie sich zurück, blickt kurz zur Decke und dann wieder zurück zu ihrem Besucher. Jetzt ist ihr Habitus wieder ganz professionell: "Ich habe Ihr Büro angerufen, weil wir derzeit im Gymnasium einige kleinere Projekte planen und dafür die Unterstützung eines Architekten benötigen."

Verstehend nickt er ihr zu. Sie hebt die rechte Hand und zählt an den Fingern auf.

"Erstens beabsichtigen wir für unseren Biologie-LK ein Gewächshaus aufzustellen und benötigen dafür ein

Fundament."

Wieder nickt er verstehend, obwohl ihm diese Aufgabe eher banal vorkommt.

"Zweitens möchte ich die Sanitärbereiche der kleinen Sporthalle renovieren, dafür benötigen wir eine Planung und Kostenvoranschläge."

Das hört sich schon bedeutsamer an, Franz von Brrand nickt inzwischen nachdrücklicher zum Zeichen seines Verstehens. Jetzt wird die Stimme von Frau Simmler nachdrücklicher: "Und drittens möchte ich endlich, dass dieses idiotische Glasdach so abgedichtet wird, dass es nicht bei jedem Regenschauer das Gemäuer des Altbaus durchweicht. Sie können sich gar nicht vorstellen, wie schimmelig es in den angrenzenden Klassenzimmern manchmal riecht."

Franz von Brrand holt tief Luft. Er beschließt seine Antwort professionell zu gestalten: "Erstens ist kein Problem, schicken Sie mir einfach, was Sie über das Gewächshaus haben. Vielleicht können wir uns im Anschluss noch kurz die Örtlichkeit anschauen, damit ich sehe, wie das Gewächshaus aufgestellt werden soll."

Kurz ordnet er seine Gedanken: "Für den Umbau der Sanitärbereiche benötigen wir natürlich zuerst die alten Bauunterlagen. Ich schaue mir die dann an, dann können wir das weitere Vorgehen planen."

Sie nickt ihm wieder zu und antwortet rasch: "Den

geplanten Aufstellort für das Gewächshaus schauen wir nachher an. Die Bauunterlagen für die kleine Sporthalle sollte das Baurechtsamt haben. Am besten sprechen Sie mit dem Stadtbaumeister."

Er nickt und verzieht dann bei seiner Antwort den Mund zu einem schiefen Grinsen: "Herr Gehrnau, ich habe ihn schon kennengelernt."

In den Augen seines Gegenübers kann er genau erkennen, dass Frau Simmler seine Einschätzung der Persönlichkeit des Stadtbaumeisters teilt. Dann fährt er fort: "Und für das Thema Abdichtung sollte ich wahrscheinlich am besten mit dem verantwortlichen Bauleiter der Firma sprechen, die diesen Gebäudeteil gebaut hat."

Jetzt wird der Blick der Direktorin ernst: "Natürlich. Das wird aber nicht so einfach werden."

Irritiert fragt er nach: "Warum, lebt er nicht mehr?"

"Doch, doch. Aber Sie kennen ihn bereits."

Unsicher schüttelt Franz von Brrand den Kopf: "In Ordnung, wen muss ich kontaktieren?"

Mit entschuldigendem Blick antwortet ihm Frau Simmler: "Ich fürchte, das wäre ebenfalls Herr Gehrnau. Damals war er noch Bauleiter bei einem Unternehmen, dass als Generalunternehmen kommunale Gebäude gebaut hat. Es ist leider vor fünf Jahren in die Insolvenz geschlittert."
Wieder macht sich das bohrende Gefühl in der Bauch-

region von Franz von Brrand bemerkbar. Und diesmal schiebt er es nicht einfach zur Seite: "Oh. Ich verstehe."

Sein Blick geht kurz nachdenklich zum Konzertplakat von Carlos Santana. Dann wandert er weiter zu den Repliken der Odyssee. Schließlich schaut er Fernanda Simmler sorgenvoll an: "Das könnte ein Problem werden."

Sie nickt bestätigend und antwortet mit leiser Stimme: "Korrekt. Genau deshalb war ich so froh, als ich gehört habe, dass ein neuer, unverbrauchter Geist das Büro Planschmiede übernommen hat."

Nachdenklich schaut er ihr lange in die hellgrünen Augen: "Danke für die Blumen. Aber alleine schaffe ich das nicht."

Jetzt wird ihr Blick kämpferisch: "Sie sind nicht alleine. Wir sind zu zweit!"

8 Vor-Ort-Termin

Franz von Brrand ist auf dem Rückweg in sein Büro. Seine Gedanken kreisen um das eben Erlebte. Zuvorderst die mögliche Beauftragung zur Planung der Sanierung der Umkleidebereiche der kleinen Sporthalle. Er kann sich aus seiner Schulzeit in Kleinberghain noch gut an diese muffeligen Umkleiden dort erinnern. Falls diese noch im selben Zustand wie damals sind und Franz von Brrand vermutet doch stark dass, dem so ist, dann ist diese Renovierung dringendst nötig. Vielmehr müsste die Frage gestellt werden, warum diese dringend notwendige Maßnahme, die sicher nicht nur der Bequemlichkeit der dort Sport treibenden Schüler wie Vereinsmitglieder, sondern auch alleine mit Blick auf Objektwerterhaltung dringend gebotene Renovierung nicht schon lange geschehen ist.
Dann wäre da noch diese seltsame Verstrickung des Stadtbaumeisters. Franz von Brrand kann nur immer wieder den Kopf schütteln über das Gehörte. Alleine der Interessenskonflikt, der sich durch eine ehemalige Tätigkeit als verantwortlicher Bauleiter einer von der Stadt beauftragten Firma mit seiner heutigen Tätigkeit als Chef der Genehmigungsbehörde ergibt, lässt Franz von Brrand frösteln. Natürlich war ihm schon klar, dass derart ungute Verwebungen zwischen Verwaltung und Bauwirtschaft seit jeher bestanden. Es so direkt zu erleben, ist für ihn jedoch eine unerwartete Konfrontation mit den Realitäten, in diesem Fall der Stadtpolitik. Wenn er jedoch ehrlich zu sich selbst ist, ist das alles für ihn eher nebensächlich.

Den nachhaltigsten Eindruck aus dem Termin eben auf Franz von Brrand hat die Direktorin des Gymnasiums hinterlassen. Ein Lächeln stiehlt sich auf sein Gesicht. Was für eine herrlich energiegeladene und gebildete Frau. Ein warmer, angenehmer Kontrast zu den vielen Menschen, die meinen, ihr Wissen aus einzelnen Medienschnipseln beziehen zu können. Sie hätten gerne, dass die Häppchen an vermeintlicher Information, mundgerecht und gerne auch optisch und akustisch eingängig untermalt, präsentiert werden, dass ein eigenes Nachdenken bedenkenlos entfallen kann. Diese Frau Simmler ist da aus ganz anderem Holz geschnitzt. Fernanda ist der Vorname. Er hat sich das genau gemerkt. So teutonisch wie sein eigener Vorname ist, denn welcher männliche Vorname wäre deutscher als Franz, so sehr interessiert es Franz von Brrand welche Geschichte sich hinter dem Vornamen der Direktorin des Gymnasiums verbirgt. Sein feines Lächeln wird breiter, als er sich daran erinnert, mit welcher Leichtigkeit Frau Simmler den Bücherstapel auf einer Hand getragen hat, ihre Bewegungen waren von einer anmutig sportlichen Eleganz geprägt. Der Geruch ihres Parfüms hat sich tief in seinen Hippocampus eingegraben. Ein angenehmer, frischer Duft nach Blumenwiese mit einer hintergründig holzigen Note. Eine besondere Kombination, denkt sich Franz von Brrand. So besonders wie die gesamte Persönlichkeit der Direktorin. Inzwischen hat er sein Büro erreicht. Er greift nach der Türklinke und betritt das Büro. Seine Gedanken verweilen nach wie vor beim eben Erlebten.
So versunken in seiner eigenen, angenehmen Gedankenwelt bemerkt er nicht, wie ihn seine Bürohilfe anspricht. Als diese schließlich von ihrem Schreibtisch

aufsteht und sich ihm in den Weg stellt, findet Franz von Brrand zurück in die wirkliche Welt. Zuerst mit einem nachdenklichen Blick, dann mit einer Miene, die aufkeimendes Verständnis zeigt, schaut ihm Aysche Gülügül ins Gesicht: "War es ein angenehmer Besuch im Gymnasium?"

Er lächelt sie etwas verträumt an: "Ja, sehr angenehm."

Dann wird ihm bewusst, dass seine Bürohilfe noch immer vor ihm steht. Offenkundig wartet sie darauf, dass er sie wahrnimmt. Zum Zeichen, dass er nun wieder bereit ist, sich mit den Niederungen des Alltags zu befassen, hält er den Kopf schief. Mit einem tiefen Seufzer fragt er nach: "Was ist jetzt wieder passiert?"

Aysche Gülügül schüttelt schnell den Kopf: "Noch nichts, Chef. Zum Glück. Aber Sie sollten unbedingt zu Flobär kommen, er hat angerufen. Er hat etwas entdeckt in der Marktstraße 11/1, auf dem Dachboden."

Wie immer runzelt Franz von Brrand bei der Nennung des Rufnamens seines Praktikanten anstelle seines richtigen Namen die Stirn. Dann wird ihm bewusst, was seine Bürohilfe ihm da gerade gesagt hat. Willkommen in der realen Welt, denkt er bei sich, als er indessen endlich den letzten Zipfel der inneren Freude über sein Treffen mit Frau Simmler in den Nebel der Alltagswirrungen entfliehen ließ. Seufzend antwortet er: "Also schön, ich gehe gleich los."
Er nickt seiner Bürohilfe bestätigend zu und wendet sich dann sofort um. Die Marktstraße ist zu Fuß in wenigen Minuten zu erreichen.

Aysche Gülügül blickt ihrem Chef mit einem Schmunzeln hinterher. Offenbar hat ihr Plan, den jungen, unverheirateten Architekten mit der quirligen Direktorin zusammenzubringen, hervorragend funktioniert. Diesen Plan hat sie zusammen mit der Vorzimmersekretärin der Direktorin ausgeknobelt, eine alte Schulfreundin von ihr aus Grund- und Hauptschulzeiten. Aysche Gülügül grinst in sich hinein, das wäre auch gelacht, wenn das gut geölte Netzwerk der Sekretärinnen in Kleinberghain sich nicht um ihre Schutzbefohlenen, also ihre Vorgesetzten, kümmern könnte. Schließlich sind es oft diese Menschen, die etwas Nachhilfe beim Glücklichsein nötig haben.

Franz von Brrand ahnt nicht, welch sorgsame Mächte da über ihn wachen. Er marschiert wieder durch Kleinberghain, auf dem Weg zur Marktstraße 11/1. In einer seiner in letzter Zeit häufigeren Anwandlungen von selbstironischer Betrachtung denkt er sich, dass er sich unbedingt einen Schrittzähler besorgen sollte. Dann kommt ihm der spontane Gedanke, dass er dazu Frau Simmler fragen sollte. Sportlich wie sie wirkt, kennt die Direktorin sich sicher aus mit dieser Art von Freizeitelektronik.
Die Ankunft vor dem Objekt Marktstraße 11/1 ermöglicht ihm, sich der Weiterung dieser Idee zu stellen. Sein Praktikant wartet bereits am Eingang, mit für ihn ungewöhnlich ernstem Gesichtsausdruck. Auf den fragenden Blick von Franz von Brrand schüttelt der Praktikant nur den Kopf und wendet sich dann der Eingangstür zu, die er mit einem flink aus seiner Hosentasche hervorgezauberten Schlüssel öffnet. Das Treppenhaus ist dunkel und leicht muffig, der übliche

Eindruck für ein Mehrfamilienobjekt im Altbestand. Schnell sind die steinernen Treppenfluchten der ersten zwei Stockwerke erklommen. Hier oben geht der Weg dann nach rechts zu einer Tür, die als Eingang zu einem Holz beplankten Verschlag dient. Tatsächlich ist der Verschlag die Verkleidung der Holztreppe, die ganz nach oben auf den Dachboden führt. Oben angekommen, muss Franz von Brrand kurz durchatmen. In trauriger Selbsterkenntnis wird ihm klar, dass es nicht zum Besten bestellt ist um seine Kondition. Wenn er mit Frau Simmler zum Beispiel beim Joggen mithalten wollte, müsste davor noch etwas energisches, sportliches Engagement seinerseits erfolgen. Ärgerlich darüber, dass sein Unterbewusstsein sich so intensiv mit der Direktorin beschäftigt, wo es doch gerade wichtigere Dinge zu tun gibt, schiebt er den Gedanken zur Seite. Er blickt sich um. Eigentlich hat er erwartet, dass er nun auf einem dunklen, sicherlich sehr staubigen Dachboden steht. Aber dem ist nicht so. Sicher, es ist staubig hier oben. Die alten Spinnweben hängen von den dunklen Holzbalken des Dachstuhls herab. Aber sie werden von einzelnen Lichtschwertern aus Sonnenstrahlen beleuchtet. Franz von Brrand blinzelt irritiert, dann wendet er sich zu seinem Praktikanten um: "Wir sind im falschen Gebäude."

Traurig schüttelt Flobär den Kopf: "Nein, Chef, das ist das Dachgeschoss, Marktstraße 11/1."
Franz von Brrand blickt noch einmal in die Runde, dann wieder zurück zu seinem Praktikanten: "Das kann nicht sein. Es sind bereits Dachgauben eingebaut. Plural!"
Sein Arm zeigt anklagend zu den Fenstern, die das

Sonnenlicht in den Dachstuhl eindringen lassen. Vier Gauben, zwei auf jeder Seite des steilen Satteldachs. Sein Praktikant nickt nachdrücklich: "Eben, Chef."

Franz von Brrand atmet tief ein, hält die Luft kurz an, um sie schließlich stoßweise wieder entweichen zu lassen. Er muss sich der Realität stellen, so unangenehm es auch ist. Ein angedeutetes Nicken in Richtung seines Praktikanten bekundet seine Kapitulation vor der Wirklichkeit. Sein Blick geht erneut in die Runde des alten Dachbodens: "Die Pläne sind also falsch."

"Jep, alle alten Pläne sind falsch."
Ruckartig wendet er den Kopf und schaut seinem Praktikanten scharf ins Gesicht: "Was soll das heißen? Wir sprechen doch von den Plänen vom Dachgeschoss für den Einbau der Gaube?"

Wieder schüttelt der Praktikant den Kopf, sein Gesichtsausdruck ist gezeichnet von fatalistischer Frustration: "Nein, Chef. Die Treppe stimmt auch nicht. Und die Lage der Versorgungsleitungen. Nur der Kamin ist richtig auf den alten Plänen eingezeichnet."

Zur Bestätigung seiner Aussage hebt Flobär das Kinn in Richtung des gemauerten Kamins, der sichtbar hinten links den Dachstuhl durchbricht.
Jetzt wird Franz von Brrand ärgerlich: "Wie kann das sein, die Umbauten wurden doch in den Achtzigern gemacht, da sollte man doch meinen, dass die Pläne dazu einigermaßen richtig sind!"

Nachdrücklich nickt sein Praktikant: "Sollte man

meinen, Chef. Sind sie aber nicht. Wir müssen alles komplett neu aufnehmen. Und dann neu genehmigen lassen, sonst wird das nichts mit dem Umbau."

Vor dem geistigen Auge von Franz von Brrand öffnet sich ein verwaltungstechnischer Abgrund. Nicht zuvorderst der notwendige und sicherlich nicht unerhebliche Aufwand für die Neuerfassung der Ist-Situation des Objektes Marktstraße 11/1 machen ihm Sorgen. Es ist der Umstand, dass de jure das gesamte Objekt sich gerade als illegaler Schwarzbau herausgestellt hat. Er kann sich das hämische Grinsen des Stadtbaumeisters und der Vizevorsitzenden des technischen Ausschusses der Stadt Kleinberghain bildlich vorstellen. Damit werden sie ihn teeren, federn und aus der Stadt jagen. Bildlich gesprochen.

Einen Moment verweilt Franz von Brrand in qualvollem Selbstmitleid. Dann strafft er sich. Seltsamerweise ist es der Gedanke an Frau Simmler oder besser an deren Reaktion darauf, wenn er sich so einfach geschlagen gäbe. Ohne Probleme kann er sich ihren Gesichtsausdruck vorstellen: eine hochgezogene Augenbraue und der Blick der enttäuschten Lehrerin, wenn ihr Schüler es wieder einmal nicht konnte. Nein, so soll das nicht enden. Noch einmal atmet er tief durch. Dann blickt er seinem Praktikanten finster ins Gesicht: "Also gut: Mission accepted."

Flobär blinzelt verwundert, offenkundig sind seinem Chef einige alltagssprachliche Begrifflichkeiten geläufig, sogar auf Englisch. Diese militärisch klingende Ansage lässt Flobär den Rücken durchdrücken und fast

Haltung annehmen. Franz von Brrand nickt, als er das Verstehen im Habitus seines Praktikanten erkennt.

"Sie nehmen das gesamte Objekt neu auf. Komplett. Vergessen Sie alle alten Daten. Ich erwarte eine komplette Neuaufnahme."

Nach einem weiteren, tiefen Atemzug antwortet Flobär ihm in militärisch knappen Ton: "Aye, aye, Chef."

Einen letzter Blick auf seinen Praktikanten wirft Franz von Brrand noch, dann verlässt er den Dachboden über die Treppe. Ein kleines Teufelchen in seinen Gedanken lässt ihn daran denken, dass dieser Abgang eher wie das Verlassen der Brücke eines in schwierige Gewässer aufbrechendes Kriegsschiff wirkt. Er nickt vor sich hin, denn tatsächlich wird das, was jetzt kommt, eher einem Gefecht gleichen als der Art Tätigkeit, die man bei Architekten so landläufig erwarten würde.

9 Statik ist Verhandlungssache

Anstrengende Wochen liegen hinter ihm. Franz von Brrand spürt, wie die Anspannung langsam an seiner Persönlichkeit kratzt, sein Gleichmut ist in den vergangenen Tagen spürbar ins Wanken geraten. Aber er weigert sich, klein beizugeben. Wieder steht er vor der Marktstraße 11/1, wie schon so oft in den letzten Wochen. Die unverschlossene Haustüre drückt er auf; das laute, metallische Knacken, mit dem der Schließriegel beim Zurückfedern die Türöffnung akustisch zu kommentieren scheint, ist ihm inzwischen nur allzu gut bekannt. Und wieder macht er sich daran, die Treppenflucht zu erklimmen. Das, denkt er bei sich mit selbst eingeredetem Pragmatismus, das ist das einzig Gute an dieser Sache. Durch die Vielzahl der Treppenbesteigungen hinauf zum Dachstuhl hat sich seine Kondition spürbar verbessert. Nun ist er kaum noch außer Atem, wenn er den Dachboden erreicht. "A bout de Souffle" hat Fernanda es neulich Abend genannt, als er ihr mit zerknirschter Miene von seiner leichten Atemnot bei seinem ersten Besuch oben auf dem Dachboden erzählt hatte. Ein angenehmer Abend war das gewesen. Sie haben sich in einer kleinen Weinlaube in einer der etwas weiter von Kleinberghain entfernten Nachbarorten zum Essen verabredet. Unausgesprochener Weise waren sie sich beide einig, dass ihr Treffen nicht in einer der Gourmettempel in Kleinberghain erfolgen sollte, sondern außerhalb und ungestört. Es war ein wunderbarer Abend gewesen; Fernanda Simmler brachte den jungen Architekten mit ihrer intelligent ironischen Art der Gesprächsführung immer wieder zum Lachen. Und der Schlenker zu alten, französischen Filmen, in diesem Fall dem 1960 "A bout de Souffle" – Außer Atem unter der Regie von Jean-Luc Godard erschienenen Meisterwerk der damals noch jungen Nouvelle Vague, empfand Franz von Brrand als symbolhaft für die wunderbare Leichtigkeit ihrer Unterhaltung. Heute Abend sind sie erneut zum Essen verabredet. Seine Bürohilfe hat ihn ausdrücklich ermahnt, diesen letzten Termin des Tages nicht zu lange hinzuziehen, er solle daran denken, dass er schließlich heute Abend noch verabredet sei. Seine Antwort auf die aufmerksame Fürsorge seiner Bürohilfe war ein gutmütiges Nicken gewesen, fast die Reaktion eines inzwischen erwachsenen Sohnes auf derlei Ermahnungen durch die achtsame Frau Mama. Trotzdem gönnt er sich ein warmes Grinsen im Gedanken an die Verabredung heute Abend. Dann ruft sich Franz von Brrand zur Ordnung und blickt sich mit professioneller Miene um. Dieses Dachgeschoss kann er inzwischen mit geschlossenen Augen durchschreiten, ohne an einem der Balken oder Sparren hängenzubleiben. Im hinteren Bereich, links am Kamin, kann er eine kauernde Gestalt erkennen. Das muss der Statiker sein, den seine Bauherrschaft empfohlen hat, wohl ein alter Bekannter der Familie. Die sehr unschöne Besprechung zum Fortschritt in Sache BV Einbau Dachgaube Marktstraße 11/1 ist Franz von Brrand nur allzu gut im Gedächtnis geblieben. Das ältere Ehepaar, beides pensionierte Beamte, war sichtlich entsetzt gewesen, als sie erfahren haben, dass die alten Planungsunterlagen fehlerhaft sind. Anfangs hat Franz von Brrand versucht, die Sachlage besänftigend zu formulieren, aber irgendwann war ihm dann doch die Hutschnur gerissen. Er hat den älteren Herrschaften mit nüchternen Worten klargemacht, dass sie sich entscheiden müssen. Entweder sie tragen die notwendigen Aufwendungen und damit die Kosten für die Neuerfassung des Ist-Zustandes des Objektes oder das Büro Planschmiede müsse von seiner Beauftragung aufgrund der Aktenlage zurücktreten. Schließlich hat die Bauherrschaft klein beigegeben, beim Verabschieden, quasi als Friedensangebot zur Besänftigung des jungen Architekten. Aus seiner Unzufriedenheit mit der Situation hat er am Ende keinen Hehl mehr gemacht, da hat ihm der ältere Mann versprochen, sich um einen Termin mit einem befreundeten Statiker zu kümmern. Als er die beiden älteren Leute schließlich an der Eingangstür des Büros verabschiedet hatte und gerade wieder mit grimmigem Gesichtsausdruck zurück zu seinem Schreibtisch eilen wollte, hat ihm seine Bürohilfe kurz am Arm festgehalten und anerkennend zugenickt.

Da reißt ihn eine laute Stimme aus seinen Gedanken: "Ah, der Herr von Brrand. Schön, dass wir uns kennenlernen."

Die volltönende Stimme des Mannes, der sich inzwischen hinter dem Kamin erhoben hat, beschallt den gesamten Dachboden. Trotz der angenehmen Stimmlage empfindet Franz von Brrand die Lautstärke fast als aufdringlich. Der Mann kommt nach vorn und bleibt im Licht des vorderen, rechten Dachgaubenfenster stehen. Wallendes, graues Haar und ein wettergegerbtes Gesicht blicken dem jungen Architekten neugierig entgegen. Jetzt kann Franz von Brrand die beiden Kunststoffschläuche über den Ohrmuscheln seines Gegenübers erkennen. Der Mann trägt beiderseits Hörgeräte, das erklärt die laute Art zu sprechen.

"Franz von Brrand, wir haben telefoniert."
Höflich streckt er dem Mann die Hand entgegen, die dieser sofort ergreift und mit schraubstockartiger Presskraft malträtierend drückt und schwungvoll auf und ab bewegt: "Schiebfahrer, Statiker."

Endlich entlässt Herr Schiebfahrer die Hand des jungen Architekten aus seiner Umklammerung, dann wendet der Statiker sich wieder dem Kamin zu. Franz von Brrand reibt die Hand verstohlen am Hosenbein und prüft durch Einzelbewegung jedes Fingers, ob diese Begrüßung einen dauerhaften Schaden hinterlassen hat. Aufatmend stellt er fest, dass der Schmerz zum Glück schnell abklingt und die Hand sich wieder normal bewegen lässt. Für die Zukunft nimmt sich der junge Architekt vor, einer Begrüßung mit Handschlag im Falle von Herrn Schiebfahrer möglichst aus dem Weg zu gehen.

"Also, mein Lieber, die gute Nachricht ist, dass ihr Mitarbeiter ordentlich gearbeitet hat. Die Statik hier oben ist wahrscheinlich kein Problem."
Mit Nachdruck klopft Herr Schiebfahrer wie zur beweiskräftigen Untermauerung seiner Diagnose mit der geschlossenen Faust der linken Hand zweimal auf einen der vertikal verlaufenden Pfosten, der die Firstpfette trägt. Der gesamte Dachstuhl schwingt kurz summend. Herr Schiebfahrer wendet sich wieder dem jungen

Architekten zu: "Hören Sie das? Das klingt gut. Also wie zuvor erwähnt, die Statik ist eher kein Problem."

Mit neugierigem Grinsen blickt er nun Franz von Brrand an: "Einen pfiffigen jungen Mann haben Sie da! Den, der die Pläne neu gezeichnet hat, meine ich. Alles drin: Querschnitte, Verbindungselemente. Auf den würde ich aufpassen, nicht dass ihnen den jemand abwirbt."

Ein wissendes Nicken begleitet diese Aussage: "Also, wie gesagt. Man weiß ja nie …", unheilschwanger bleibt der Satz unvollendet in der Luft hängen.
Dann räuspert sich Franz von Brrand: "Statik ist eher kein Problem - hervorragend. Wie kommen wir vom "eher kein Problem" zu "kein Problem" und was sind die schlechten Nachrichten?"

Jetzt lacht Herr Schiebfahrer keckernd und beugt sich kumpelhaft zu Franz von Brrand: "Na, da müssen wir eben ein wenig verhandeln, hier eine kleine Stütze, da ein günstigerer Berechnungsansatz, das übliche halt. So wie ich das sehe, wird das schon. Gefällt mir, gefällt mir. Ja, es gibt doch immer irgendeine schlechte Nachricht, iss so."

Dann wendet er sich übergangslos um: "Kommen Sie mit, ich zeig's Ihnen!"

Ergeben folgt Franz von Brrand dem Statiker zum Kamin. Aus seiner Hosentasche hat dieser eine kleine, überraschend starke Taschenlampe hervorgezaubert und leuchtet am Kamin entlang nach oben. Der junge Architekt folgt dem Lichtpunkt bis zum Dachfirst.

"Da ham wer den Salat!"

Franz von Brrand kneift die Augen zusammen und sucht nach Beschädigungen oder Störungen des Gebälks, das vom Lichtpunkt der Taschenlampe grell beleuchtet wird. Außer einigen dunkleren Stellen auf den Balken ist für ihn nichts Außergewöhnliches zu erkennen. Angesichts des Alters der Holzkonstruktion sieht der Dachstuhl verblüffend intakt aus. Fragend blickt er deshalb zu dem Statiker. Dessen weiße Haarmähne wird vom Licht der Taschenlampe bühnentauglich beleuchtet, was den ernsten Gesichtsausdruck, den Herr Schiebfahrer macht, noch dramatischer in Szene setzt. Franz von Brrand wird bei diesem Blick ganz flau im Magen. Inzwischen hat er gelernt, auf diese innere Stimme zu hören. Innerlich wartet er auf die vernichtende Nachricht. Vielleicht muss der gesamte Dachstuhl abgerissen werden oder die Balken sind radioaktiv verseucht oder das für den Bau verwendete Holz gehört inzwischen zu einer der so geschützten Arten, dass die Verwendung in Bauobjekten bei empfindlicher Strafe verboten ist. Unbewusst hält er die Luft an, als der Statiker mit Grabesstimme fortfährt: "Das könnte Schimmel sein. Könnte, sage ich, glauben tu ich's nicht."

Bemüht langsam atmet der junge Architekt aus: Schimmel. Das dürfte eigentlich kein Problem sein. Heutzutage gibt es genügend Möglichkeiten, den leichten Schimmelbefall an Holzstrukturen behandeln: "Ah, ok. Dann müssen wir das mit dem Zimmermann und dem Maler besprechen."

Ein fatalistisches Nicken des Statikers kommt als

Antwort. Dann setzt er zum finalen Stoß an: "Und sie benötigen ein UGzBNbKpSI."

Sicherlich war der Gesichtsausdruck, den der junge Architekt auf diese Anmerkung des Statikers hin zeigte, nicht dazu geeignet, eine größere Intelligenz bei Franz von Brrand vermuten zu lassen.

"Was benötigen wir?"

"Ein UGzBNbKpSI. Da gibt es im ganzen Landkreis nur einen, der das kann."

Franz von Brrand fasst sich ein Herz und fragt, mutig seine völlige Unwissenheit eingestehend, nach: "Ich weiß nicht, was das ist."

Nun ist es am Statiker, ungläubig den Kopf zu schütteln. Leise murmelt dieser vor sich hin. Franz von Brrand meint einzelne Worte wie "Jugend" und "keine Ahnung" gehört zu haben. Dann räuspert sich Herr Schiebfahrer und erklärt mit dozierender Stimmlage: "Was Sie dafür benötigen ...", ein kurzes Wackeln mit der Hand, die die Taschenlampe hält, lässt den grellen Lichtpunkt hektisch über das Gebälk über ihnen streichen, "... ist ein Unbedenklichkeits-Gutachten zur Bestätigung des Nichtvorhandenseins biologischer Kontamination mit potenzieller Schadfähigkeit durch Beeinträchtigung statischer Integrität."

Franz von Brrand ist stolz auf sich, dass er den Mund geschlossen halten kann. Dann nickt ihm sein Gegenüber nachdrücklich zu: "Eben ein UGzBNbKpSI. Und das schnell. Ohne das UGzBNbKpSI brauchen sie gar nicht weiterzumachen."

Verständnis heuchelnd, nickt der junge Architekt dem Statiker zu. Dieser fährt dann erklärend fort.

"Da ich vereidigter Prüfstatiker bin, muss ich das melden. Und wenn das UGzBNbKpSI zeigt, dass das da oben Schimmelbefall ist, also richtig schlimmer Schimmelbefall, dann kann das ganze Gebäude von Amts wegen gesperrt werden. Ernste Sache dann, das kann ich ihnen sagen."

Franz von Brrand nickt erneut und versucht dabei kompetent zu wirken: "Klar. UGzBNbKpSI ist wichtig, schon verstanden. Wer erstellt solch ein Gutachten?"

Jetzt durchzieht ein breites Lächeln das Gesicht von Herrn Schiebfahrer: "Das ist nun wieder eine gute Nachricht. Mein alter Golfkumpel Franz Stumping macht das. Und wissen Sie was, ich rufe ihn nachher gleich an. Der schiebt das für mich dazwischen Das verspreche ich ihnen. Wäre auch gut, denn übernächste Woche geht's für Stumpi nach Australien zur Känguru-Beobachtung. Da freut er sich schon lange drauf: vier Monate im Outback."

Nachdenklich schüttelt Herr Schiebfahrer den Kopf: "Für mich wäre das ja nicht so das Wahre. Aber Stumpi steht darauf. Feldforschung nennt er es."

Franz von Brrand nickt weiter, einfach um seine mentale Anwesenheit in der Situation nach außen zu bekunden: "Feldforschung, verstehe. Danke, es wäre hervorragend, wenn wir das schnell aus der Welt schaffen könnten."

Ein heftiger Schlag auf den rechten Oberarm des Architekten lässt diesen fast stolpern. Der kumpelhafte Schlag kam für Franz von Brrand vollkommen unerwartet.

"Klar doch. Wird aber nicht billig. Gutachterzeugs ist nie billig, wie Sie sicher wissen."

Wieder das keckernde Lachen, darauf setzt beim jungen Architekten das reflexhafte Nicken ein: "Klar. Gutachter sind teuer."

Dann ertönt in fürchterlich schlechter Tonqualität eine Musik. Franz von Brrand meint, Joe Cocker zu erkennen. Quäkend tönt "we lift you up, where you belong" durch das Dachgeschoss. Jetzt schaltet der Statiker die Taschenlampe aus und nickt seinerseits dem jungen Architekten zu; die Kopfbewegung dient offenbar der Verabschiedung. Einen irrationalen Moment denkt Franz von Brrand, dass ihm damit der Händedruck hoffentlich erspart bleiben könnte.

"Mist. Ich muss los. Sie hören von mir. Wiedersehen."

Schon ist der Statiker auf dem Weg zur Treppe. Franz von Brrand bleibt im Halbdunkel des Dachbodens zurück und blickt dann erneut nach oben im sinnlosen Versuch, die dunklen Stellen erneut auszumachen.

10 Ein Gutachter und ein Zimmermann

Franz von Brrand wähnt sich gefangen in diesem alten Kinofilm aus den Achtzigerjahren, an dem ein Reporter immer wieder den gleichen Tag erlebt. Immer und immer wieder. So steht er auch heute mal wieder hier oben auf dem Dachboden von Marktstraße 11/1. Wenn er sich den schwer atmenden Professor Stumping so betrachtet und mit innerem Stolz seine leicht erhöhte Atemfrequenz dagegenhält, dann hat trotz der unsäglichen Ärgernisse, die dieses Bauvorhaben so mit sich bringt, dieses zumindest einen positiven Einfluss auf seine Fitness. An guten Tagen hat er sich schon einmal überlegt, ob er aus dem Treppensteigen kein Hobby machen sollte. Er glaubt zumindest, von Meisterschaften dazu gehört zu haben.
Seine Gedanken gleiten in die Ferne, als er sich überlegt, dass er dies beim nächsten Treffen mit Fernanda vorbringen könnte. Am Besten mit sehr, sehr ernstem Gesichtsausdruck, um so die vorgetäuschte Ernsthaftigkeit seines Ansinnens zu unterstreichen. Aber leider muss dies noch etwas warten, da Fernanda Simmler auf einer lange geplanten Fortbildung in der Landeshauptstadt weilt und diese noch bis mindestens Freitagnachmittag geht. Dann allerdings könnte er ...

"So, Herr von Brrand, dann lassen sie uns dieses 'Corpus Delicti' einmal anschauen oder sollte ich sagen den 'Casus bellus'?" Der Professor scheint sich selbst köstlich über seine Wortwahl zu amüsieren, zumindest seinem keckernden Lachen nach zu urteilen. Der junge Architekt stellt sich die Frage, ob Herr Schiebfahrer mit Professor Stumping einzig aufgrund ihres gemeinsamen Golfhobbys befreundet ist oder ob vielleicht dieses gleichartige Keckern, das beide anstatt eines normalen Lachens so gerne von sich geben, die Bande der Freundschaft geknüpft haben. Er schiebt den Gedanken beiseite und geht voraus. Inzwischen trägt der junge Architekt bei jeder Besichtigung dieser Örtlichkeit immer eine starke Taschenlampe bei sich. Der Dachboden macht beim ersten Betreten den Eindruck eines spärlich beleuchteten Raumes. Für genauere Betrachtungen oder gar eine Besichtigung reicht das Licht nie aus. Also fördert Franz von Brrand die Taschenlampe aus seiner Hosentasche hervor und schaltet diese ein. Der Strahl trifft den Professor, der sofort irritiert mit den Augen zwinkert und die Hand zum Schutz gegen die unerwartet gleißende Helligkeit erhebt: "Na, na, Vorsicht, Junge. Oder wollen Sie mich blenden wie die heimtückische Delila?"

Sofort richtet der junge Architekt den Strahl der Taschenlampe woanders hin und entschuldigt sich dabei wortreich für seine Ungeschicklichkeit. Dann reitet ihn wieder ein Teufelchen und er zwinkert dem Professor zu, als er einen Teil seiner humanistischen Bildung preisgibt: "Und keine Angst, ich habe Sie auch nicht an die Philister verraten!"

Verblüfft blickt Professor Stumping den jungen Architekten an, dann lacht er erneut keckernd. „Ah, kein Parvenü wie ich sehe, sondern ein Mann mit Bildung.

Sehr erfrischend.”

Wieder wendet er sich der Dunkelheit des Dachbodens zu. "Wohl an, schreitet zur Tat."

Versonnen nickt Franz von Brrand, offenbar hat er bei Professor Stumping die richtigen Knöpfe gedrückt. Er ist froh, dass er so seinen Fauxpas mit der Blendung wieder vergessen machen konnte: "Hier hinten, Herr Professor. Oben am Kamin."

Dort angekommen, leuchtet Franz von Brrand zur Decke und lässt den Lichtkegel den Firstbalken entlanggleiten. Der Dachstuhl ist zum Glück als Pfettendach ausgeführt, es gibt also in der Mitte Stützpfosten. Wäre es ein Kehlbalkendach, gäbe es den horizontal verlaufenden Kehlbalken, der die Nutzbarkeit in diesem Fall stark eingeschränkt. Angestrengt blickt Professor Stumping nach oben zur Firstpfette. Dabei erzeugt er seltsame Brumm- und Zischgeräusche. Franz von Brrand ist sich sicher, dass Eingeweihte aus diesen Geräuschen bereits ein erstes Stimmungsbild des Professors zur Beurteilung der gezeigten Situation ableiten können. Ihm jedoch sind derlei auditive und psychoanalytische Fähigkeiten fremd. Schließlich schnappt sich der Professor einfach die Taschenlampe und leuchtet dann in der nächsten Stunde mit pedantischer Sorgfalt das gesamte Gebälk ab. Franz von Brrand empfindet diese mit jeder weiteren Minute, in der er zum stummen Warten verdammt, dieser Darbietung von professoraler Arbeitsweise beiwohnen muss, zuerst als unangenehm, dann als unangebracht und schließlich als unverfroren. Endlich beschließt er, sich mit angenehmeren Gedanken zu beschäftigen. Zum Beispiel damit, was er für Fernanda am Freitagabend kochen könne für den Fall, dass ihre Rückkehr von der Fortbildung rechtzeitig genug für ein gemeinsames Abendessen gelänge.

"DA!" Völlig überrascht vom Ausruf des Professors, zuckt der junge Architekt zusammen. Anklagend hat der Gutachter den Zeigefinger der rechten Hand ausgestreckt und leuchtet mit der anderen Hand in die untere Ecke, genau da, wo die Dachsparren in den Boden des Dachbodens übergehen.

"Das ist ganz klar das Corpus Delicti! Ohne Zweifel!"

Verwundert tritt Franz von Brrand näher. Dann erkennt er die Stelle: "Oh, das. Da haben sich vor ein paar Tagen die Dachpfannen verschoben und es ist etwas Wasser eingedrungen beim Gewitter letzte Woche. Das richten wir im Zuge der Baumaßnahmen wieder ein. Ich habe das bereits mit dem Dachdecker besprochen."

Wie ein Raubtier zuckt der Professor herum und leuchtet, scheinbar mit Vorsatz, dem jungen Architekten ins Gesicht. Franz von Brrand kneift die Augen zusammen. Der Professor setzt mit leiser, aber professionell besorgtem Ton in der Stimme seine Ausführungen fort: "Schimmeeeel!"

Das Wort betont er besonders theatralisch, als wäre er Macbeth und stünde vor der Entscheidung, ob er nun König Duncan ermorden solle oder nicht. Dann zuckt die Taschenlampe wieder zurück zur feuchten Stelle auf dem Dachboden. Mit leiser, immer noch theatralischer Stimme dekliniert Professor Stumping sein Wissen: "Feuchtigkeit und Holz führen indessen fast immer zu biologische Zerfallsprozessen, vulgo Fäulnis oder Schimmel. Damit beginnt die Rutschbahn ins Verderben. Balken werden zuerst morsch, dann richtig brüchig und dann …", der Professor holt tief Luft, bevor er mit lauter Stimme vernehmlich fortfährt, "... RUMMS! EINSTURZ! SACHSCHADEN! PERSONENSCHADEN!"

Wieder zuckt der Strahl der Taschenlampe zurück zum jungen Architekten, der dieser Darbietung mit großer Faszination folgt.

"Und dann ist es zu spät. Vorbei. Keine Chance mehr, das Unheil aufzuhalten."

Der junge Architekt ist sich sicher, dass der Professor die weitere Entwicklung in dunklen, dystopischen Farben beschreiben wird. Dabei ist sich Franz von Brrand nicht einmal sicher, ob in dieser Version der Ereignisse ein Atomkrieg und damit die Auslöschung der menschlichen Zivilisation samt allen Lebens auf Erden noch zu vermeiden ist. Also holt er tief Luft und will dem Professor gerade nahebringen, dass es Hoffnung gibt und das Ende und die Verdammnis noch abgewandt werden können, als von hinten eine raue Stimme Einspruch erhebt: "Klar, aber wir könnten auch einfach die Dachpfannen richten, den Balken trocknen und dann mittels Feuchtigkeitsmessung die Wirksamkeit der Maßnahme belegen."

Franz von Brrand atmet erneut tief ein. Das ist gerade noch einmal gut gegangen. Die Stimme hat er erkannt. Sie gehört zu Horst Aufrecht, dem Zimmermann, den er bereits mehrfach zum Thema Dachgaubeneinbau angesprochen hat.

Irritiert wendet sich Professor Stumping wendet sich dem neuen Besucher zu: "Und Sie sind?"

In die Tonlage dieser Frage hat der Professor seine gesamte Autorität als Gutachter und Universitätslehrer einfließen lassen. Horst Aufrecht lässt sich jedoch von derart banal vorgebrachten Einschüchterungsversuchen nicht im Geringsten beeinträchtigen: "Mein Name ist Horst Aufrecht, Aufrecht Zimmermann GmbH. Und wer sind Sie?"

Professor Stumping macht einen Schritt nach vorn und fixiert dabei den Zimmermann mit scharfem Blick: "Ich bin Prof. Dr. Dr. Franz Stumping, amtlich vereidigter Gutachter für Objektgutachten zur Bestätigung des Nichtvorhandenseins biologischer Kontamination mit potenzieller Schadfähigkeit durch Beeinträchtigung statischer Integrität."

Nüchtern nickt ihm der Zimmermann zu: "Eindrucks-voll. Und weswegen sind Sie hier?"

Theatralisch schwenkt der Professor den Lichtkegel der Taschenlampe zum unteren Ende des Dachsparren hinten auf dem Dachboden: "Deshalb."

Der Zimmermann nickt dem Professor höflich zu und

bewegt sich zur beleuchteten Problemstelle. Dort greift er in die Schenkeltasche seiner Arbeitshose und fördert eine flache Taschenlampe hervor, die er vor dem Dachsparren, dem Casus Belli, so aufstellt, dass der Bereich des Übergangs des Dachsparrens in den Boden gut ausgeleuchtet ist. Jetzt packt er aus einer mitgebrachten, kleinen Transporttasche ein Messgerät aus. Schließlich holt er aus der Schenkeltasche auf der anderen Seite noch einen kleinen Hammer. Franz von Brrand kennt diese Geräte. Mittels zweier Metallnägel, die in den Baukörper, in diesem Fall den Dachsparren, getrieben werden, kann man die Feuchtigkeit im Gebälk messen. Nachdem Herr Aufrecht den Sensorkopf mit den Metallnägeln durch ein Kabel mit dem Messgerät verbunden hat, schaltet er es ein. Aus der Transporttasche entnimmt er einen kleinen Block. Franz von Brrand hat sich neben den Zimmermann gestellt und schaut neugierig zu. Dieser wendet ihm kurz den Kopf zu und lächelt ihn an. Professor Stumping inspiziert derweil intensiv das Messgerät, das Zimmermann Aufrecht neben sich auf den Boden gelegt hat. So kann Horst Aufrecht unbeobachtet vom misstrauischen Professorenblick, dem jungen Architekten verschwörerisch zuzwinkern. Dann greift er zum Sensorkopf. Noch bevor Professor Stumping weitere, abwertende Kommentare an den Mann bringen kann, schlägt Zimmermann Aufrecht mit zwei routinierten Hammerschlägen den Sensorkopf knapp über der Ebene des Dachbodens in die leicht angefeuchteten Bereiche des Dachsparrens. Das Messgerät gibt zwei fröhliche Klingeltöne von sich, kurz danach dann einen aufsteigenden Glockenton.

"Ja, diese Dinger sind fast schon musikalisch!" Der Zimmermann nimmt mit dieser ironischen Bemerkung das Messgerät zur Hand und studiert die Anzeige: "Aha, wie ich es mir gedacht habe. Knapp 15 % Feuchte. Da ist völlig in Ordnung."

Professor Stumping holt Luft und setzt zu einem feurigen Vortrag der Gegenrede an: "Das sagt doch gar nichts aus. Nur eine Messstelle, willkürlich gewählt und kein zeitlicher Verlauf. Stümperhafte Metrologie nenne ich das. Wir im universitären Bereich arbeiten, eben nach Standards, die international vereinbart, vergleichbar und akzeptiert sind. Dass ein Handwerker das nicht kann, ist verständlich, gänzlich ohne akademische Ausbildung. Was soll man da sagen."

Franz von Brrand hätte erwartet, dass Zimmermann Aufrecht betroffen und wahrscheinlich sogar wütend reagiert. Aber nichts dergleichen geschieht. Ohne mit der Wimper zu zucken, wiederholt er den Messvorgang, also Sensorkopf herausziehen, an nächster Stelle ansetzen, zwei geübte Hammerschläge und wartet auf das Tonsignal, das die erfolgreiche Messung meldet. Sorgfältig liest er nach dem Wiederklingen des aufsteigenden Dreiklangs die Anzeige ab: "An dieser haben wir knapp 14,6 % Feuchte, das korreliert gut zum sichtbaren Feuchtigkeitseintrag, wie er unterhalb der zweiten Messstelle, also an Messpunkt eins, erkennbar ist."

Erneut möchte Professor Stumping zu einer Tirade ansetzen, aber Zimmermann Aufrecht wendet sich stoisch dem hinter ihm stehenden Franz von Brrand zu:

"Die Dachpfanne wurde letzte Woche bei dem Gewittersturm verschoben?"

Der Angesprochene nickt umgehend: "Genau. Vorher war das Dach dicht. Wir wissen das deshalb genau, weil wir für die Vermessung der Dachstuhlkonstruktion mit dem Laserscanner einer Schreinerei hier gearbeitet haben. Dafür waren überall Scheinwerfer aufgestellt, damit sich nicht ständig jemand den Kopf anschlägt."

Horst Aufrecht nickt: "Das ergibt Sinn."

Dann steht er auf und zieht seinerseits eine kleine Taschenlampe aus der Tasche. Sorgfältig leuchtet er die Balkenstruktur des Dachstuhls ab. Professor Stumping nutzt die Gelegenheit und kniet sich verblüffend behände auf den Boden. Aus seiner Jacketttasche hat er einen Probenbehälter herausgeholt und schabt nun mit einem kleinen, skalpellartigen Werkzeug Holzspäne vom feuchten Bereich des Dachsparren ab. Zufrieden grunzend schraubt er dann den Probebehälter zu und steht mühsam stöhnend, jetzt ist ihm sein vorgerücktes Alter doch anzumerken, wieder auf. Kurz nach Luft schnappend, richtet er einen vernichtenden Blick auf den Zimmermann, der eben seine Inspektion mit der Taschenlampe beendet hat. Horst Aufrecht begegnet dem grimmigen Blick des Professors mit professioneller Höflichkeit, für die ihn Franz von Brrand innerlich zutiefst bewundert.

"So, Herr Handwerker. Ich habe eine Probe vom befallenen Bereich genommen!" Demonstrativ schüttelt der Professor den Glasprobenbehälter mit den schemenhaft erkennbaren Holzspänen wie eine Trophäe in Richtung des Zimmermanns.

"Die wird mit wissenschaftlichen, ich betone wissenschaftlichen Methodiken untersucht. Dann werden wir ja sehen, ob dieser Dachstuhl sicher ist oder nicht!"

Immer noch reagiert Hans Aufrecht vollkommen ruhig: "Das freut mich für Sie, Herr Professor. Natürlich wird ihr Gutachten die Örtlichkeit, Probeentnahmestelle und Einschätzung der Repräsentanz der einzelnen Probeentnahme für die Gesamtstruktur berücksichtigen und dokumentieren."

Franz von Brrand lässt seinen Blick interessiert zwischen Zimmermann und Professor pendeln. Was und wie Hans Aufrecht argumentiert, hört sich nicht an, als würde ein Handwerksmeister etwas sagen. Es kommt ihm eher so vor, also ob Hans Aufrecht eine fundierte Ausbildung genossen hat. Dem Professor entgehen diese Feinheiten jedoch oder er ignoriert sie einfach. Trotzig antwortet er dem Zimmermann: "Aha, da will mir also ein Handwerker sagen, wie ich als Universitätsprofessor meine Arbeit machen soll, habe ich das richtig verstanden?"
Nachdrücklich schiebt Professor Stumping dabei seinen Unterkiefer nach vorn und demonstriert so deutlich seine Konfrontationsbereitschaft.
Hans Aufrecht lächelt, als er antwortet: "Natürlich nicht, Herr Professor."

Mit überlegenem Grinsen nimmt der Professor dies zur Kenntnis. Dann fährt Zimmermann Stumping fort: "Ich habe nur als Leiter des Landes-Handwerksausschusses zur Mängelschlichtung nach VOB und als diplomierter Bauingenieur geäußert, wie es in den Fällen, bei denen ich bisher Gutachten ihres Fachgebietes erlebt habe, gehandhabt wurde. Natürlich habe ich angenommen, dass alle Gutachter nach Standards arbeiten, die international vereinbart, vergleichbar und akzeptiert sind. Ich meine natürlich damit nur die Gutachter, die nach dem aktuellen, wissenschaftlich fundierten Stand der Technik operieren."

Bei diesen Worten läuft das Gesicht des Professors rot an. Er setzt zu einer Antwort an, besinnt sich jedoch im letzten Moment eines Besseren. Böse funkelt er den Zimmermann an. Dann geht sein Blick zum jungen Architekten: "Herr von Brrand, Sie hören von mir."

Dann wendet er sich um und verlässt mit trampelnden Schritten den Dachboden und ruft unwirsch nach hinten einen Gruß zur Verabschiedung: "Einen schönen Tag noch, die Herren."

Franz von Brrand schaut dem Professor verdattert nach. Dann geht sein Blick zurück zu Horst Aufrecht, der dem Professor nun mit einem dicken Grinsen nachschaut. Kurz holt der Zimmermann Luft, dann setzt er an den jungen Architekten gerichtet mit einer Erklärung an: "Bitte entschuldigen Sie diese Szene. Aber der Professor hat in unseren Kreisen einen miserablen Ruf. Teure Gutachten, wenig Inhalt und meistens einen Berg an Ärger für die Bauherrschaft. Ich dachte mir, da muss gleich ein Riegel vorgeschoben werden."

Verstehend nickt Franz von Brrand. Dann runzelt er sorgenvoll die Stirn: "Dann ist nur zu hoffen, dass in dem Gutachten, das er schreibt, keine Tretminen vergraben sind."

Dies kommentiert der Zimmermann mit einem Auflachen: "Das wäre das erste Mal, wenn die fehlen würden. Aber keine Sorge, diese Art Pseudogelehrten knicken am Ende immer ein, wenn man Sie mit ihrem Unsinn ins Rampenlicht zerrt."

Dann wird die Stimme des Zimmermanns etwas nachdenklicher: "Auch wenn das manchmal anstrengend ist und Nerven kostet, die besser woanders investiert wären."

Franz von Brrand hofft, dass der Zimmermann mit seiner Einschätzung richtig liegt. Aber Nerven, das ist er sich heute schon sicher, Nerven wird dieses Gutachten sicher noch kosten.

11 Pasta mit Einsicht

Eigentlich sollte er sich heute Abend wohlfühlen. Es ist ein lauer Freitagabend, trotz des immer wieder fallenden Nieselregens. Im Wohnzimmer hat er Musik laufen, eine angenehme Mischung aus Smoothjazz und anderen Stücken. Als sie sich heute Nachmittag für den Abend telefonisch verabredet hatten, hat Fernanda Simmler mit fast hellsichtiger Art seine Bedrückung gespürt und kurzerhand vorgeschlagen, dass sie heute Abend gemeinsam kochen und essen. So stand sie, bepackt mit mehreren Stofftaschen und einem fröhlichen Grinsen im Gesicht, pünktlich zur verabredeten Zeit vor seiner Haustüre.

Ihrem scharfen Blick ist natürlich nicht entgangen, dass sein Lächeln zur Begrüßung zwar ehrlich gemeint war, aber nicht seine Augen erreichen konnte. Innerlich jubilierte Franz von Brrand beim Gedanken, dass sie heute Abend gemeinsam kochen wollten, aber er konnte diese traurige Nachdenklichkeit in seinem Kopf nicht gänzlich vertreiben. Seit er heute Nachmittag per Boten das Gutachten von Professor Stumping zugestellt bekommen und natürlich sofort studiert hat, hadert der junge Architekt mit seinem Schicksal. Tapfer hat er heute Abend versucht, diese dunklen Gedankenwolken beiseite zu drängen, aber seine Mühen waren nicht von dauerhaftem Erfolg gekrönt. Es wurde sicher viel gelacht beim Schnippeln und Schneiden der Zutaten für die Bolognesesauce und den Ingredienzien für den Insalata Mista. Fernanda hat darauf bestanden, dass sie die Gerichte heute Abend bei den italienischen Namen nannten. So gab es wenigstens einige Momente, in denen Franz von Brrand seine Sorgen vergessen hat und sich an der von ihm so ersehnten Gegenwart von Fernanda Simmler erfreute.

Jetzt sitzen sie bei Kerzenlicht beim Essen. Er hat dafür extra die alten Silberkerzenständer seiner Tante ausgegraben und versuchsweise poliert. Der leicht flackernde Schein der beiden Kerzen in den immer noch mit Patina überzogenen Kerzenständern lässt den Raum als warmen Ort des Seins wirken. Die wunderbar unaufdringliche Hintergrundmusik ergänzt diesen Eindruck perfekt. Das Essen ist vorzüglich gewesen. Jetzt sitzen sich beide in einem Moment des einvernehmlichen Schweigens gegenüber, jeder ein Glas mit hellroten, aber zum Glück nicht allzu schweren Chianti in der Hand, gegenüber. Franz von Brrand versucht, seinen Gedanken die Wege zu den sorgenvollen Überlegungen im Zusammenhang mit dem vernichtenden Gutachten von Professor Stumping zu verwehren, aber damit scheitert er grandios. Fernanda beobachtet den jungen Architekten schon den ganzen Abend aufmerksam. Inzwischen spürt sie eine Zuneigung zu diesem aufrechten Geist, die weit über bloße Freundschaft hinausgeht. Und sie fühlt genau, dass es Franz von Brrand ebenfalls so geht. Sie genießt diese langsame Annäherung aneinander, das Werben und die Geduld, die er zeigt. Sie genießt die Gespräche mit ihm. Wie selten es doch heutzutage geworden ist, dass ein Gesprächspartner höflich und gebildet ist. Die schüchterne Wesensart des jungen Architekten dagegen empfindet sie jedoch, obwohl am Anfang eine reizvolle Eigenschaft, zunehmend als etwas hinderlich. Ihre hellgrünen Augen ruhen

auf ihm. Seine Gedanken haben ihn offensichtlich weit weg von ihrer Gesellschaft und dem angenehmen Abend entführt, weg von Entspannung und Wohlfühlen. Seine Miene wird abwechselnd traurig und zornig, als er gedankenverloren in den Garten hinausschaut, der in der Dämmerung im Nieselregen nur noch schemenhaft zu erkennen ist.
Da fasst Fernanda Simmler einen Entschluss: "So mein Lieber. Wir müssen da mal etwas klären."

Erschrocken ruckt er auf und blickt sie fassungslos an. Dann antwortet er ihr zerknirscht: "Entschuldigung, ich wollte nicht unhöflich sein. Ich bin nur ..."

Sie blickt ihm mit spöttischem Grinsen in die Augen und führt den Satz zu Ende: "... ganz woanders und nicht bei deiner anbetungswürdigen Gesellschaft, die so nahe bei dir sitzt, aber deinem Geist gerade nicht ferner sein könnte."

Franz von Brrand öffnet den Mund für eine Antwort, weiß dann offenbar doch nicht, was er ihr darauf entgegnen soll. Stattdessen erkennt Fernanda Simmler trotz der gedimmten Beleuchtung und des flackernden Kerzenscheins, dass der junge Architekt leicht rot im Gesicht wird. Spontan denkt sie bei sich, dass ihr diese Schwäche gefällt. Jetzt lächelt sie ihn an, um ihre Worte etwas abzuschwächen: "Keine Sorge. Ich merke doch schon den ganzen Abend, dass etwas nicht in Ordnung ist."

Franz von Brrand nickt nachdenklich und will gerade zu einer Erklärung ansetzen, aber Fernanda Simmler hebt die Hand, so dass der junge Architekt verblüfft schweigt, den Mund zuklappt, den er schon für das Vorbringen einer wortreichen Entschuldigung geöffnet hatte und ihr direkt in die Augen schaut. Sie hebt ihr Glas und streckt es ihm über den Tisch entgegen: "Ich bin Fernanda."

Ein warmes, liebevolles Lächeln begleiten ihre Worte. Erleichtert holt er Luft und zum ersten Mal am heutigen Abend ist das Lächeln, das er bei seiner Antwort aufsetzt offen und ehrlich: "Franz. Hallo Fernanda." Huldvoll nickt sie ihm zu und stößt dann mit blitzenden, hellgrünen Augen mit ihm an. Verträumt hebt er das Glas als beide einen Schluck Wein genießen, wie es sich für solche Momente gehört. Dabei schaut er ihr weiter in die Augen und spürt, dass ihm diese Augen mit ihrem verschmitzt intelligenten Blick inzwischen so sehr ans Herz gewachsen sind, dass er die Frau hinter diesen Augen niemals mehr missen möchte.

"So, das hätten wir. Und jetzt erklärst du mir, was los ist."

Er setzt zu einer ausweichenden Antwort an, aber Fernanda hebt nur kurz eine Augenbraue und sofort verstummt Franz von Brrand. Kurz blickt er auf seine Fingernägel, dann holt er tief Luft: "Also schön. Natürlich hast du Recht. Heute Nachmittag habe ich das Gutachten per Kurier erhalten."

Fernanda nickt. Natürlich versteht sie sofort, welches Gutachten Franz von Brrand meint, hatte dieser unsägliche Vorgang doch in den letzten Tagen viel zu oft

Anteil an ihrer Unterhaltung. Sie nickt nachdrücklich: "Und natürlich ist das Urteil vernichtend."

Er bestätigt diese Einsicht nickend, mit traurigem Gesicht: "Das ist noch euphemistisch formuliert. Warum nicht jeder, der nur in die Nähe dieses Dachbodens kommt, sofort tot umfällt, ist, wenn man diesem Gutachten glaubt, ein Rätsel oder viel mehr ein Wunder biblischen Ausmaßes."

Jetzt blitzen die Augen von Fernanda wieder auf. Sie hält den Kopf keck zur Seite geneigt, als sie antwortet: "Nun, ich sehe jedenfalls, dass dieser Dachboden oder besser gesagt das Erklimmen der Treppenberge auf dem Weg dorthin deine Fitness und deine körperlichen Erscheinung sehr positiv beeinflusst haben."

Franz von Brand braucht einen Moment, bis er die fast anzügliche Bemerkung tatsächlich verstanden hat. Dann wird er erneut kurz rot, antwortet aber schließlich souverän: "So, es ist dir also aufgefallen!"

Sie nickt mit vorgetäuschter Sachlichkeit: "Natürlich. So was sieht Frau eben."

Beide grinsen sich an und genießen den Augenblick. Dann wird Fernanda wieder ernst: "Also, was auf diesem Dachboden genau soll den Tod der Massen auslösen?"

Er zuckt die Schultern: "Anscheinend eine Art Organismus."
Er nickt ihr zu und bekennt damit freimütig seine

Ahnungslosigkeit: "Biologie war wirklich niemals etwas, das man als meine Stärke bezeichnen könnte. Ein Chlorphitikum oder so."

Ernst erwidert sie seinen Blick: "So oder so. Du hast das Gutachten sicher hier zuhause, so wie ich dich kenne. Gib es mir."

Trotz seines Erstaunens, wie gut ihn Fernanda inzwischen zu kennt, steht er umgehend auf und geht zwei Schritte zur Anrichte. Dort hat er das Gutachten sorgsam unter der heute eingegangenen Privatpost verborgen abgelegt. Mit fatalistischem Nicken reicht er ihr das geheftete Pamphlet. Fernanda blättert die Seiten durch. Franz von Brrand stellt sich hinter sie und beugt sich etwas vor. Er hört, wie sie mehrfach abschätzig schnaubt beim Durchlesen der eng beschriebenen Seiten. Dabei fällt es ihm immer schwerer, sich zu konzentrieren. So nahe bei Fernanda kann er den Duft ihrer frisch gewaschenen Haare riechen und auch das Parfüm, dass ihm schon bei ihrer ersten Begegnung aufgefallen und seither im Gedächtnis geblieben ist. Der junge Architekt ist sich sicher, dass Fernanda genau registriert, wie nahe er bei ihr steht, ihre ausbleibende Reaktion wertet er bei sich selbst dabei mutig als Zustimmung zu dieser körperlichen Nähe. Jetzt blickt sie ihn an, den Kopf leicht zur Seite gedreht. Es ist ein Lächeln, das nicht nur den Mund sondern auch die Augen mit einbezieht. Leise beginnt sie zu reden: "Wir machen Folgendes. Zuerst unternehmen wir beide noch einen kleinen Ausflug. Dann setzten wir das hier genau an dieser Stelle fort. Einverstanden?"

Franz von Brrand nickt einfach. In diesem Moment hätte er bedenkenlos alles getan, was Fernanda vorgeschlagen hätte. Eine kurze Weile noch blicken die beiden sich an, dann richtet er sich auf. Sie macht Anstalten aufzustehen und er hilft ihr höflich dabei, indem er den Stuhl für sie zurückzieht. Fernanda genießt diese Aufmerksamkeit, macht sich aber schnurstracks auf den Weg in die Diele: "Los, komm. Wir haben etwas zu erledigen."

Folgsam geht er ihr nach und greift wie automatisch nach seiner Jacke. Neugierig fragt er nach: "Was haben wir zu erledigen?"

Sie grinst ihn schelmisch an: "Ich muss in die Bibliothek im Lehrerzimmer."

Er nickt zustimmend, als wäre es das Normalste von der Welt wenn eine Frau inmitten eines romantischen Abends, denn genau das war es bisher, muss er sich erstaunt eingestehen, das Bedürfnis zu einem Besuch der Bibliothek im Lehrerzimmer hat.
"Ah, natürlich."

Dankbar nickt sie ihm zu: "Du wirst schon sehen."

Den Weg zum Gymnasium legen sie schweigend zurück. Beide genießen es, einfach in einträchtiger Gemeinsamkeit spazieren zu gehen. Als sie am Gymnasium ankommen, steht das Gebäude dunkel und etwas unheilvoll, fast bedrohlich da. Aber Fernanda lässt sich nicht davon beeindrucken, sie holt den Schlüssel für die Eingangstür aus ihrer Handtasche hervor. Dort hinein hat sie bei Ihrem Aufbruch vorher ebenfalls das Gutachten abschätzig geschoben. Ihr Weg führt sie durch das dunkle Foyer, hinauf über die schwingende Treppe ins Lehrerzimmer. Das liegt etwas weiter den Gang hinab neben ihrem Büro. Beim Eintreten schaltet Fernanda mit nebensächlicher Selbstverständlichkeit alle Lichter an und marschiert schnurstracks weiter nach hinten. Dort befindet sich eine zweite Tür. Der Raum dahinter ist durch ein Drahtglaselement zu sehen, das neben der Tür in der Raumtrennerwand eingebaut ist. Franz von Brrand erkennt Regale. Fernanda blickt ihn kurz an und haucht mit theatralischer Stimme: "Tritt ein, Unwissender, in das Reich des Wissens und der Erinnerung."

Er nickt ihr, ebenfalls um Theatralik bemüht, feierlich zu: "Wohlan, Schildmagd, führe mich!"

Sie kichert mädchenhaft, dann öffnet sie die Türe und beide betreten die Lehrerbücherei. Fernanda hat das Licht eingeschaltet, flackernd beginnen die Leuchtstofflampen an der Decke den Raum aus dem bis eben noch vorherrschend Dunkel heraus zukämpfen. Fernanda ist bereits weitergegangen und hat dann zielstrebig ein Buch aus einem der hinteren Regale genommen. Franz von Brrand liest im Vorbeigehen die Beschilderung. Das ist die Biologieabteilung. Fernanda ruft begeistert aus: "Ha, wusste ich es doch. Da habe ich das schon einmal gelesen."

Sie hält ihm ein Buch unter die Nase, farbige Fotografien von grünen Kugeln, offenbar mit Hilfe eines Mikroskops erstellt, sind zu sehen.

Er nimmt das Buch und Fernanda holt das Gutachten aus ihrer Tasche und blättert ärgerlich darin. Dann hat sie die gesuchte Seite gefunden und schaut ihn scharf an: "Lies das vor, laut!"

Sie hält ihm die Seite des Gutachtens zum Lesen hin und er liest den dort stehenden Text wie gewünscht laut vor: "Die von der mutmaßlich kontaminierten Bausubstanz vor Ort entnommene Probe wurde zum Zwecke weiterer Untersuchung mittels einer Anzüchtung mit standardisiertem Anzuchtnährboden vervielfältigt. Dabei wurde ein organischer Befall nachgewiesen. Es handelt sich um eine Chlorophyceae, ein zur Gruppe der Chlorophyta gehörende, einzellige Lebensform mit der höheren Klassifizierung Chlorophyta, der Chlorophyceae Subphylum: Chlorophytina. Eine den Baukörper vermutlich negativ beeinflussende Auswirkung dieser Kontamination kann nicht ausgeschlossen werden und sollte zur Absicherung der abschließenden Beurteilung der aktuell gegebenen und zukünftigen, statischen Integrität der Dachwerkskonstruktion durch weitere, detaillierte Untersuchungen analysiert und bewertet werden."

Diesen Satz hat Franz von Brrand, seit er das Gutachten heute Mittag zum ersten Mal gelesen hat, noch mindestens zwanzig Mal gelesen. Noch immer ist ihm nicht wirklich klar, wovon der Gutachter eigentlich spricht. Aber die Art der Formulierung und die unheilschwangere Forderung nach weiteren Untersuchungen lässt jedes Mal beim Lesen dieser Zeilen einen kalten, harten Knoten in seinem Bauch entstehen. So auch jetzt.

Waidwund blickt er Fernanda an, ihm ist nicht klar, warum sie ihm diesem Martyrium heute Abend noch einmal aussetzt. Ihr Blick bleibt nüchtern und ernst: "Jetzt lies den Absatz im Buch."

Franz von Brrand nimmt das Buch vor Augen. Zuerst ist ihm nicht klar, wo er mit Lesen beginnen soll. Dann hat er den Absatz gefunden, den er vorlesen soll. Er ist genau unter einem der Mikroskop-Fotos abgedruckt, vor dunklem, schwarzem Hintergrund ist ein grün leuchtendes, biologisch aussehendes Objekt abgebildet.

"Chlorophyta, vulgus, Schwebealgen, sind weitverbreitet und im Gegensatz zur giftigen Blaualge vollkommen ungefährlich. Sie gedeihen vornehmlich in nährstoffreichem Wasser."

Nachdem er den Absatz laut gelesen hat, liest er ihn nochmals leise. Und nochmals. Und dann noch ein drittes Mal. Dann ist er sich sicher, dass er den Inhalt verstanden hat. Völlig verblüfft blickt er Fernanda in die Augen, die ihn beim Lesen mit scharfem Blick aus ihren hellgrünen Augen beobachtet hat: "Algen! Dieser Trottel von Professor hat Algen gefunden!"

Jetzt lacht Fernanda fröhlich auf: "Ich wusste, du verstehst es."

Ungläubig schüttelt er den Kopf: "Aber wie sollen Algen denn den Holzbalken eines Dachstuhls beschädigen?"

Unter fröhlichem Kichern liefert ihm Fernanda die auf

der Hand liegende Antwort: "Gar nicht, du Dummerchen!"

Fassungslos geht sein Blick zurück zum Buch, dass er nach wie vor vor sich hält: "Dieser Gutachter ist ein Scharlatan!"

Jetzt nickt sie ihm ernst zu: "Genau. Und ich sage dir noch etwas. Mein alter Biologieprofessor wird diesen Scharlatan in der Luft zerreißen. Er hasst nichts mehr als aufgeblasene Schwätzer, die mit angelernten Fachbegriffen um sich werfen und Expertise vortäuschen. Das wird das letzte Gutachten sein, dass dieser Professor jemals gemacht hat."

Franz von Brrand kann sein Glück nicht fassen. Die innere Anspannung, die sein Wesen seit dem ersten Lesen des Gutachtens umklammert hielt, hat sich aufgelöst. Zurück bleibt ein Gefühl der Freiheit und Unbeschwertheit. Diesem Empfinden ist es wahrscheinlich zuzurechnen, dass Franz von Brrand nun einem inneren Sehnen Raum gibt, ohne sich um seine sonst so übliche Zurückhaltung zu scheren. Er blickt sich suchend um, legt das Biologiebuch vorsichtig auf einen Tisch neben sich und wendet sich wieder Fernanda Simmler zu. Vorsichtig nimmt er ihren Kopf zwischen beide Hände und schaut ihr tief in die hellgrünen Augen. Der inneren Stimme der aufkeimenden Unsicherheit gebietet er zu schweigen. Statt dessen spricht er leise zu Fernanda Simmler: "Fernanda Simmler, ich liebe dich!"

Dann küsst er sie zärtlich und sie heißt ihn warm

willkommen.
Lange Zeit stehen beide so beieinander, dann lösen sie sich endlich voneinander. Sie lächelt ihn an: "A bout de souffle!"

Er grinst warm zurück und seufzt: "Moi aussi."

12 Von Flächen und Nutzungen

Es ist ein wunderbarer Montagmorgen. Beschwingt betritt Franz von Brrand sein Büro und grüßt mit fröhlichem Gesicht seine Bürohilfe: "Guten Morgen, Frau Gülügül! War Ihr Wochenende angenehm?"

Aysche Gülügül sitzt an ihrem üblichen Platz und schaut auf. Sie hält den Kopf leicht schief, als sie antwortet: "Klar doch. Aber ich habe gehört, dass das Wochenende bei jemand anderem noch angenehmer war."

Neutral blickt sie den jungen Architekten an. Dieser stutzt ob dieser Bemerkung. Dann grinst er ertappt: "Ah, die Cousine."

Jetzt grinst auch Aysche Gülügül: "Zweiten Grades nur. Aber ja."

Dann schaut sie ihn forschend an: "Das ging jetzt dann doch flott. Ist alles gut bei Ihnen?"

Franz von Brrand nickt zaghaft zur Bestätigung. Die Situation entbehrt nicht einer gewissen Ironie, schließlich ist Aysche Gülügül seine Bürokraft und nicht seine Mutter. Sie scheint das jedoch gänzlich anders zu sehen, als ob sie ihn, ihren Chef, gewissermaßen adoptiert hätte und nun auf ihr Adoptivkind genau aufpassen muss. Noch einen Moment hält sie den forschenden Blick aufrecht, dann wird ihr Gesichtsausdruck wieder professionell, fast amtlich: "Sie haben gleich den Termin mit der Projektentwicklungsgesellschaft für das Mehrfamilienhaus."

Er nickt ihr bestätigend zu: "Ich weiß. Ich hole nur noch meine Unterlagen und bin dann weg. Falls etwas Wichtiges passiert, können Sie mich dort erreichen."

Tadelnd schüttelt Aysche Gülügül den Kopf: "Aber Chef, sie haben doch ein Mobiltelefon. Natürlich erreiche ich Sie, wenn es sein muss."

Er lässt das kommentarlos so stehen und geht nach hinten in sein Büro. Die Unterlagen für das Gespräch heute hat er zum Glück bereits am Freitagmorgen fertig vorbereitet, so das er sich nur noch die stabile, schwarze Kunststofftransportrolle schnappt und mittels dem an der Rolle angebrachten Riemen über die Schulter hängt, dabei verheddert er sich kurz am Ärmel seines Stoffjacketts. Derlei Kleinigkeiten können ihm jedoch heute nichts anhaben; zu sehr hat ihn das letzte Wochenende in die Gefilde der Freude und Entspannung geführt. Einen kurzen Moment sinniert er darüber nach, wie lange dieses Gefühl der Ausgeglichenheit wohl Bestand haben dürfte. Kurzentschlossen schiebt er diese Sorgen als störendes Gedankengut beiseite und macht sich dann auf den Weg zu seinem Termin. Beim Hinausgehen grüßt er Flobär, der tief konzentriert, mit sorgenvoll gerunzelter Stirn am Computer sitzt. Franz von Brrand achtet nicht weiter auf seinen Praktikanten. Auf dem Weg zu seinem Bauherrn für das Mehrfamilienobjekt schwelgt er versonnen in den Erinnerungen an die letzten beiden Tage. Nach dem nächtlichen Besuch in der Bibliothek des Lehrerzimmers des Gymnasiums haben sowohl er als auch Fernanda keinerlei Bedürfnis mehr gehabt, sich über Algen und Gutachten zu unterhalten. Sie waren viel zu sehr damit beschäftigt, die frisch entstandene Nähe zu vertiefen. Plötzlich schaut Franz von Brrand irritiert auf. Ein Mann hat sich ihm in den Weg gestellt und hält ihm provozierend die Hand zum Gruß hin. Der junge Architekt kennt den Mann. Es ist der Makler mit der Hornbrille, der ihn auf der Beerdigung seiner Tante so nachdrücklich zum Verkauf des Häuschens seiner Tante hatte drängen wollte: "Herr Architekt, guten Morgen! Ein wunderbarer Tag ist das, nicht wahr?"

Franz von Brrand ergreift reflexartig die angebotene Hand als er antwortet: "Guten Morgen."

Der Makler lässt sich von der Einsilbigkeit des jungen Architekten nicht beirren und plappert fröhlich weiter: "Wie man hört, haben sie sich schon in Kleinberghain und bei den Menschen eingelebt!"

Franz von Brrand erkennt verblüfft, dass offenbar nicht nur Cousinen, sondern auch Makler sehr genau über sein Leben wachen. Heute ist seine Stimmung jedoch viel zu gut, als dass er sich durch derartige Aufdringlichkeit verärgern ließe. So blickt er den Makler weiter höflich an und wartet auf dessen nächsten Vorstoß, der, so denkt sich der junge Architekt, so sicher zu erwarten ist wie Nässe bei Regen: "Gut so, sage ich, gut so. Hervorragend, dass ich Sie so zufällig treffe!"

Der junge Architekt ist sich ziemlich sicher, dass an diesem Treffen rein gar nichts zufällig ist. Er wartet weiter mit neutraler Miene ab und lässt den Makler reden: "Da gäbe es so ein oder zwei Objekte, bei denen könnte ich Ihre Expertise gebrauchen, hätten Sie für einen Branchenkollegen vielleicht in den nächsten Tagen etwas Zeit übrig?"

Bei diesen Worten und speziell bei der nach Ansicht von Franz von Brrand etwas überheblichen Anmaßung, sie beide als Kollegen zu bezeichnen, spürt er genau, dass dieser Makler etwas im Schilde führt. Nicht nur das Gefühl in seinem Bauch, dass sich sofort wieder gemeldet hat, sondern auch das falsche Grinsen des Hornbrillenträgers vor ihm lässt diesen Eindruck zur Gewissheit werden. Aber auch Franz von Brrand kann taktieren, seine Antwort fällt entsprechend neutral aus: "Aber gern, Herr Kollege. Bitte vereinbaren Sie doch einfach einen Termin mit meinem Büro. Frau Gülügül hilft Ihnen sicher gern weiter."

Bei der Nennung des Namens seiner Bürohilfe verzieht der Makler kurz das Gesicht, bevor er sich wieder unter Kontrolle hat und sein bisheriges Grinsen wieder aufnimmt: "Ah, Termin. Wunderbar, so machen wir das."

Erneut streckt ihm der Makler die Hand zum Gruß hin, die Franz von Brand wieder zum Abschied ergreift und schüttelt, dieses Mal mit etwas mehr desinteressierter Nachlässigkeit als eben bei der Begrüßung. Ein letztes, falsches Grinsen, dann zieht der Makler von dannen. Franz von Brrand schüttelt den Kopf und hofft, dass nicht alle Menschen in Kleinberghain, mit denen er beruflich zu tun haben wird, auf dem charakterlichen Niveau dieses Maklers einzuordnen sind. Aber wieder ist ihm der Tag viel zu schade, um weiter diesen dunklen Gedanken nachzugehen und so nimmt er seinen Weg wieder auf, ohne weiter über das Gespräch nachzudenken. Kurz darauf hat er die Adresse seines Bauherren für das Mehrfamilienobjekt erreicht. Dort wird er sehr freundlich empfangen und sofort in einen großen, angenehmen Besprechungsraum geführt. Der restliche Vormittag vergeht wie im Fluge, die Entwürfe des Büros Planschmiede werden besprochen, gefolgt von einer sehr zielführenden, aber in der Sache harten Diskussion, die am Ende gut greifbare und verwertbare Ergebnisse hervorbringt. Als sich Franz von Brrand anschließend auf den Rückweg in sein Büro macht, wird ihm erst bewusst, dass er diese konstruktive Arbeitsweise in den vergangenen Tagen und Wochen sehr vermisst hat. Selbstironisch stellt der junge Architekt fest, dass diese Art der Arbeit einer der Gründe war, warum ihn das Architekturstudium im Kern seines Wesens begeistert hatte und warum er nach Ende des Studiums so frohgemut gestimmt in diese neue Welt eingetreten war. Diesen Gedanken im Kopf erreicht er sein Büro und betritt es durch die Glastüre. Seine Bürokraft blickt auf und schaut ihn mit ernster Miene an. Franz von Brrand seufzt, atmet tief ein und stellt sich dem von ihm aufgrund der Bittermiene von Aysche Gülügül als sicher zu erwartendem Unbill: "Hallo. Was ist denn jetzt wieder passiert?"

Ein kurzes Rucken des Kopfes in Richtung der CAD-Arbeitsplätze ist die Antwort. Wortlos begibt sich der junge Architekt nach hinten, dort sitzt sein Praktikant mit der gleichen ernsten Miene, mit der Franz von Brrand schon von Aysche Gülügül begrüßt worden war, vor seinem Computer.

Franz von Brrand schnappt sich einen Bürostuhl und setzt sich zu Flobär an den CAD-Arbeitsplatz: "Also, was ist los?"

Ein tiefes Einatmen, dann schildert Flobär die aktuelle Katastrophe: "Ich bin heute Morgen mit den neu gezeichneten Plänen von Marktstraße 11/1 fertig geworden."

Franz von Brrand nickt anerkennend: "Das ist gut und vor allem schneller, als ich gehofft habe."

Flobär wiegt den Kopf: "Na ja, das waren dann schon alle guten Nachrichten."

Franz von Brrand wundert sich darüber, dass er in diesen Tagen viel zu oft mit Menschen kommuniziert, die schlechte Nachrichten umständlich ankündigen, als dass diese einfach die Fakten schildern. Also hakt er nach: "Was sind die schlechten Nachrichten?"

Mit traurigem Gesicht klickt Flobär mit der Maus, bis eine Berechnungstabelle aufgeführt wird. Franz von Brrand benötigt einen Moment, bis er das Gezeigte versteht. Dann bildet sich in seinem Magen wieder der kalte Knoten, der nach seinen bisherigen Erfahrungen sozusagen die Standardreaktion seiner inneren Stimme auf neue Informationen mit Bezug zur Marktstraße 11/1 geworden ist. Er blickt seinen Praktikanten an: "Ok, wenn ich das richtig verstehe, haben wir es mit einer Nutzungsüberschreitung zu tun."

Ein ironisches Auflachen kommt als Antwort von Flobär: "Sorry, Chef, ja. Aber das ist keine einfache Überschreitung, das sind ..."

Traurig nickend setzt Franz von Brrand den Satz fort: "... über 27% Überschreitung bei der GRZ und fast 15% Überschreitung bei GFZ."

Er erinnert sich noch genau an die Vorlesung, als er zum ersten Mal von Grundflächenzahlen, die die zur Gebäudenutzung erlaubten Aufrissfläche des Baukörpers aus der Grundstücksgröße beschreibt und der Geschossflächenzahl, der Summe aller Geschossflächen im Verhältnis zur Grundstücksgröße. Beides wird üblicherweise im Bebauungsplan der Kommune festgelegt.

"Wie kann das sein, hat sich der Bebauungsplan nach der Sanierung nochmals geändert? Wann war das noch: 1987 oder?"

Flobär schüttelt den Kopf: "Nee, der Bebauungsplan ist der Gleiche, der hat sich nicht geändert."

Nun ist es an Franz von Brrand, den Kopf zu schütteln, irritiert fragt er nach: "Also gab es schon im letzten Baugesuch die Überschreitungen? Dann ist das doch kein Problem, oder täusche ich mich?"

Wieder eine verneinende Kopfbewegung: "Nein, das Baugesuch von '87 ist ok, da gab es keine Überschreitungen."

Ratlos breitet Franz von Brrand die Hände aus. Seufzend löst Flobär das Rätsel auf: "Der Garten hinter dem Haus ist das Problem. Irgendwann in den vergangenen zehn Jahren hat der Besitzer einen Großteil des Gartens seinem Nachbarn gegenüber verkauft."

Mit einem Schlag wird dem jungen Architekten klar, was gespielt wird. Deshalb hat ihn der Stadtbaumeister so hinterhältig dazu überredet, die Pläne neu zu zeichnen. Natürlich war ihm klar, dass dabei die korrigierte Berechnung von Geschossflächenzahl und Grundflächenzahl eine knallharte Überschreitung zeigen werden. Mit leiser Stimme fasst er das Fiasko zusammen: "Entweder uns gelingt es, dass der technische Ausschuss und dann der Stadtrat die Überschreitungen nachträglich genehmigt oder die Stadt kann am Ende verlangen, dass die Nutzung des Gebäudes auf das genehmigte Maß zurückgenommen wird."

Flobär blickt ihn nachdenklich an: "Wenn die Substanz unverändert zur letzten Genehmigung wäre, könnte man auch auf Bestandschutz pochen."

Franz von Brrand nickt erfreut. Dann fällt es ihm wieder ein: "Aber der Umbau war anders als genehmigt, nicht wahr?"

Traurig bestätigt ihm das Flobär: "Jep, der Besitzer hat einfach auf jeder Etage vom Treppenhaus ein paar viele

Quadratmeter abgezwackt und die Wohnungen vergrößert. Größere Wohnung bedeuten schließlich mehr Mieteinnahmen."

Inzwischen fühlt sich Franz von Brand absurd wohl in der Rolle, die Katastrophe weiter auszumalen und auszubauen: "Und mit dem kleineren Treppenhaus haben wir dann auch gleich den Brandschutz mit im Spiel."

Flobär nickt wieder traurig: "Chef, wir sollten da die Finger herausnehmen. Das nimmt kein gutes Ende, ich habe da so ein Gefühl."

Nachdenklich blickt Franz von Brrand auf den Bildschirm. Im Geiste spielt er alle Szenarien durch. Er malt sich in schillernden Farben die Sitzungen im technischen Ausschuss mit Frau Senffeld aus, versucht sich das hämische Grinsen von Stadtbaumeister Gehrnau und seiner Sekretärin Frau Zerrfried vorzustellen und dann spielt ihm sein Unterbewusstsein einen Streich. Aus für ihn noch vollkommen schleierhaften Gründen kommt ihm das Gesicht des Maklers mit der Hornbrille in den Kopf. Und weil die ganze Situation ohnehin schon so verfahren wie nur irgend möglich ist, geht er fast geknickt dem Gedanken nach. Dann plötzlich hat Franz von Brrand eine Eingebung. Sorgsam untersucht er die Idee von allen Seiten. Flobär blickt seinen Chef verdattert an, als dieser stocksteif und mit immer härter werdendem Gesamtausdruck seinen Gedanken nachgeht. Schließlich kommt wieder Bewegung in den jungen Architekten. Er nickt langsam, vor sich hin. Dann schaut er seinen Praktikanten an:

"Einen Moment. Ich muss telefonieren."

Mit diesen Worten steht er auf und geht in sein Büro. Halblaut murmelt der Praktikant vor sich hin: "Da hilft auch kein Telefonieren mehr. Der Drops ist gelutscht."

Franz von Brrand hört noch, wie sein Praktikant die Flinte ins Korn wirft, aber dieser kann auch nicht ahnen, dass sein so gutmütig wirkender Chef beschlossen hat, sich auf den Kriegspfad zu begeben.

13 Die Spiele sind eröffnet

"Vielen Dank. Ja, wir bleiben in Kontakt. Wunderbar. Auf Wiederhören."

Mit einem sanften Druck betätigt Franz von Brrand die Taste zur Gesprächsbeendigung an seinem Mobiltelefon. Ein Beobachter würde sich nun sicher über das hinterlistige Grinsen wundern, das gerade den Ausdruck des ansonsten eher sanftmütigen, jungen Architekten prägt. Mit seiner Vermutung hat er voll ins Schwarze getroffen. Jetzt muss er den nächsten Schritt gehen, dazu benötigt er die Hilfe von Aysche Gülügül. Gerade beabsichtigt er aufzustehen und zum Schreibtisch seiner Bürohilfe gehen, da bemerkt er, dass diese bereits vor seinem Schreibtisch steht. Während des Telefonats war er so auf das Gespräch konzentriert, dass er nicht bemerkt hat, wie die junge Frau bei ihm im Büro aufgetaucht ist. Sie blickt ihm nachdenklich ins Gesicht. Dann nicken sich beide verstehend zu.

"Sie haben gehört, mit wem ich gerade telefoniert habe?"

"Klar, Chef. Und ich kann mir schon denken, was Sie im Sinn haben."

Mit einer Handbewegung lädt er sie ein, Platz zu nehmen und sie setzt sich auf den zweiten Bürostuhl, der vor seinem Schreibtisch steht: "Das dachte ich mir. Also, was wissen Sie bereits?"

Aysche Gülügül denkt einen Moment nach, bevor sie antwortet: "Na ja, unser Bauherr von Marktstraße 11/1 hat nicht mit offenen Karten gespielt. Zuerst ist da einmal die ungenehmigte Bauausführung bei der Renovierung von '87. Dann der Verkauf eines großen Teils des Gartenanteils am Grundstück, sodass jetzt die GRZ und GFZ jenseits von Gut und Böse sind."

Franz von Brrand ist angenehm überrascht. Seine Bürohilfe kennt sich offenbar gut aus. Wenn er es sich genau überlegt, ist es anders auch nicht zu erwarten, sonst könnte sie den Laden nicht so souverän im Griff haben. So bestätigt er ihre Zusammenfassung mit einer angedeuteten Kopfbewegung, sie schaut sie dann neugierig an: "Was ist nun der Plan, Chef?"

Er reibt sich das Kinn und schaut nachdenklich zur Decke: "Bevor wir etwas unternehmen, brauchen wir mehr Fakten."

Vorsichtig fragt Aysche Gülügül nach: "Welche Fakten wären das?"
Jetzt ist sein Blick neutral: "Alle Unterlagen zur Baugenehmigung von 1987 zum Verkauf des Gartenanteils."

Sie nickt: "Chef, auf normalem Wege kommen wir da nicht dran."

Er grinst sie beim Antworten wieder hinterhältig an. Aysche Gülügül ist einerseits angenehm überrascht, dass sie sich in der Festigkeit der Persönlichkeit ihres Chefs nicht getäuscht hat. Die sich nun offenbarende Bereitschaft zum Kampf kommt für sie jedoch gelinde gesagt, ganz und gar unerwartet. Seine nächsten Worte unterstreichen jedoch genau diesen Eindruck der Kampfbereitschaft deutlich: "Na, Sie haben mir doch von Ihrem Netzwerk erzählt. Das wäre doch eine gute Quelle für solche Dinge, nicht wahr?"

Verstehend schnellt ihr Kopf hoch. Dann schleicht sich ein Lächeln auf ihr Gesicht: "Chef, dass Sie so hintertrieben sein könnten, habe ich gar nicht geahnt."

Er wiegt den Kopf und antwortet leise: "Offen gestanden, ich vermeide das lieber. Aber wenn man mich reizt, ist irgendwann einmal der Punkt erreicht, an dem sogar ich aktiv werde."

Nachdenklich fixiert Aysche Gülügül den jungen Architekten. Sie ist sich sicher, dass nicht nur sie Franz von Brrand in dieser Hinsicht unterschätzt hat, da werden sich auch noch einige andere die Augen reiben. Sie will dafür sorgen, dass das ein richtig großes Augenreiben wird. Sie steht auf und schiebt den Stuhl wieder zur Seite. Gerade als sie sich zum Gehen wendet, ergreift Franz von Brrand noch einmal das Wort: "Ach ja, eines noch...", sie wendet sich wieder um und hebt fragend die Augenbrauen, "...ich sollte wissen, welche Firma den Umbau 1987 gemacht hat und wer damals dort verantwortlich war. Ich wette, wir finden da einen bekannten Namen heraus!"

14 Mit Honig fängt man Fliegen

Franz von Brrand steht mit äußerlich ruhiger Miene am vereinbarten Treffpunkt. Innerlich grinst er jedoch. Die ganzen letzten Tage über hat er sich überlegt, wie er den Hornbrillen tragenden Makler unverfänglich treffen könnte. Dann kam ihm das Schicksal unverhofft zu Hilfe. Eine aufgeregte Frauenstimme hat ihn heute, kurz nach dem Mittagessen, erreicht und dringend um seine Anwesenheit bei einer Wohnungsbesichtigung gebeten. Ihr Chef, so die aufgeregte und der Stimme nach sehr junge Frau, hat einen Kunden, der die Wohnung mit klarer Kaufabsicht besichtigen will. Bedingung für einen Kauf wäre, dass der Makler seinem Kunden auch gleich den Kontakt zu einem Architekten liefert, der den Innenumbau begleiten würde. Nachdenklichkeit vortäuschend hat Franz von Brrand am Telefon gezögert, aber die flehende Stimme der Mitarbeiterin des Maklers ließ ihn diese Scharade dann schneller, als er es eigentlich wollte, beenden. Jetzt steht er vor einem schäbig aussehenden, sechsstöckigen Gebäude am Rande der Innenstadt. Der junge Architekt ist sich sicher, dass die Bausubstanz bei näherer Betrachtung sicher den einen oder anderen, vielleicht sogar bedeutsamen Mängel aufweist. So nimmt er sich vor, später im Rahmen des Treffens seine Aufgabe klar zu definieren. Ein windiger Geschäftsmann wie der Hornbrillen tragende Makler wäre seiner Einschätzung nach in der Lage, die Verantwortung für

Baumängel durch geschickte Manipulation während der Besprechung auf andere wie den eilig hin zu gebetenen Architekten abzuwälzen. Franz von Brrand verspürt nicht ansatzweise das Bedürfnis dazu, sich auf diesem Weg weiteren Verdruss aufzubürden.

"Ah, da sind Sie ja. Darf ich vorstellen, Madame, Franz von Brrand, Büro Planschmiede."

Die schmierige Stimme des Maklers hat ihn unvermittelt von hinten angesprochen. Der von der Erscheinung her kleine und untersetzte Makler ist in Begleitung einer älteren Frau, die würdevoll neben diesem steht und ihn optisch noch kleiner wirken lässt. Klare, graue Augen blicken den jungen Architekten an, taxieren ihr Gegenüber und Franz von Brrand hat schließlich den Eindruck, dass er die erste Prüfung bestanden hat. Der bisher harte Gesichtsausdruck der Frau wird milder, als sie ihn mit rauer Stimme begrüßt: "Von Brrand. Ich habe schon einiges von Ihnen gehört."

Fragend hebt der junge Architekt die Augenbrauen, als er ihre zum Gruß erhobene Hand vorsichtig schüttelt. Ein fester und dennoch femininer Händedruck stellt er fest.
"Ich hoffe nur Gutes. Mit wem habe ich die Ehre?"

Missbilligend wirft die Frau einen Blick auf den Makler: "Ich hatte gehofft, dass Herr von Brrand von Ihnen mit etwas Hintergrundinformationen versorgt wurde, aber da habe ich mich offenbar getäuscht."

Obwohl die Stimmlage der älteren Frau sich in keiner

Weise verändert hatte, zuckte der Makler erschrocken unter diesem verbalen Hieb des Tadels zusammen. Franz von Brrand blickte der Frau mit amüsierter Verwunderung in die Augen. Als Antwort meinte er, ein kurzes, schalkhaftes Zwinkern ihres linken Auges zu erkennen, das dem Makler sicher entgangen sein musste, da er leicht mit den Händen ringend auf der rechten Seite der Frau steht.

"Von Drohnau-Schnellmann."
Franz von Brrand lächelt sein Gegenüber an. Diese Frau weiß ganz genau, was sie tut, da ist er sich sicher. Er wettet mit sich selbst, dass er sich um sie in dieser Sache nicht sorgen muss, eher sollte der Makler vorsichtig sein. Ein Seitenblick zu dem inzwischen wieder lächelnden Makler lässt den jungen Architekten jedoch vermuten, dass dieser sich nach wie vor überschätzt und plant, Frau von Drohnau-Schnellmann mit dem Verkauf einer Wohnung irgendwie zu übervorteilen. Um die Initiative zurückzuerobern, ergreift der Makler geschäftig das Wort: "Dann wollen wir mal, was meinen Sie, liebste Frau Drohnau-Schnellmann?"

Sie wirft ihm einen Blick zu, wie er sicher in früheren Tagen für Kammerzofen reserviert war, die sich als untauglich gezeigt haben. Seufzend nickt sie ihm dann zu: "Gehen Sie bitte voran, wir folgen Ihnen dann."

"Gerne, Frau von Drohnau-Schnellmann, gerne."

Franz von Brrand musste sich in der nächsten Stunde mehrfach zusammenreißen, um nicht angesichts der weit über die Maßen peinlich diensteifrige Art des

Maklers den Kopf zu schütteln. Dieses unangenehme Verhalten wurde erst weniger, als Frau von Drohnau-Schnellmann erklärte, dass keine weiteren Erläuterungen zur Verkaufsanbahnung mehr nötig seien, da sie die Wohnung ohnehin zu kaufen beabsichtigte. Franz von Brrand wurde dann Zeuge davon, wie ein windiger Makler Stück für Stück Zugeständnisse machte, um den Abschluss, der scheinbar in Reichweite liegt, nicht doch noch zu gefährden. Schließlich fasst Frau von Drohnau-Schnellmann das Besprochene zusammen. In klar strukturierter Weise, den scharfen Blick hinab auf den inzwischen schwitzenden Makler gerichtet, zählt sie Punkt für Punkt auf: "Also schön. Ich erwerbe diese vier Zimmer Wohnung ..."

Der Makler fällt ihr mit weicher Stimme ins Wort: "Diese wunderbar gelegene und großzügig geschnittene vier Zimmer Wohnung ..."

Obwohl ihr Blick nahezu unverändert ist und sich nur eine Augenbraue hat ganz leicht hebt, verstummt der Makler schließlich.

"Wie gesagt, ich erwerbe diese Wohnung. Der famose Herr Architekt hier sorgt dafür, dass sämtliche Böden erneuert werden, sämtliche Wände neu gestrichen und bei dieser Gelegenheit auch die Türrahmen neu lackiert werden, ist das korrekt Herr von Brrand?"

Der junge Architekt nickt, als er von seinen Notizen aufblickt: "Das ist korrekt. Ich werde von Ihnen ...", er weist dabei mit dem Kinn in Richtung des Maklers; "... mit der Einholung von Angeboten beauftragt, Sie beauftragen die Handwerker und ich wiederum werde von Ihnen dazu mit der Überwachung der Arbeiten beauftragt."

Frau von Drohnau-Schnellmann nickt anerkennend. Dann fixiert sie wieder den Makler, bei dem sich nun langsam, erkennbar am zunehmenden Stirnrunzeln, der Erkenntnis stellen muss, dass diese Frau ihn ordentlich am Nasenring durch die Manege gezogen hat. Schließlich nickt der Makler zur Bestätigung, als Frau Drohnau-Schnellmann ihn fragt: "Dann werden Sie die entsprechenden Verträge bis nächsten Mittwoch fertig haben und selbstverständlich einen Notartermin dazu organisieren?"

Wieder bleibt dem Makler nichts anderes als zu nicken. Zum ersten Mal lächelt Frau von Drohnau-Schnellmann den Makler an. Ihre Stimme wird weicher, fast mädchenhaft: "Dann danke ich Ihnen vielmals. Ohne Sie hätte ich das sicher so nicht geschafft."

Anmutig schreitet sie zum Makler und streckt ihm die Hand zum Abschied entgegen. Dieser blickt sie verblüfft an, dann ergreift er mit wiederkehrender Geistesgegenwart ihre Hand und schüttelt sie. Auch sein serviles Grinsen ist jetzt zurück auf seinem Gesicht: "Es war mir eine Ehre, Frau von Drohnau-Schnellmann. Ich bringe Sie noch nach unten."

Sie antwortet ihm mit einem stahlharten Lächeln: "Nicht doch, mein Bester. Sicher begleitet mich Herr von Brrand zu meinem Fahrzeug."
Sie lässt die Hand des Maklers los und dann ihren Blick

in die Runde schweifen. Mit ernstem Blick nickt sie ihm nochmals zu: "Sicher wollen Sie die ersten Handwerker kontaktieren, so viel ist doch hier zu tun!"

Dann wendet sie sich anmutig dem jungen Architekten zu, der dieses Schauspiel mit innerem Frohlocken beobachtet hat: "Können wir dann, Herr von Brrand?"

Mit neutraler Miene deutet der junge Architekt eine Verbeugung an: "Aber selbstverständlich, nach Ihnen, Frau von Drohnau-Schnellmann."

Huldvoll lächelnd geht die ältere Dame voraus, Franz von Brrand bleibt nur noch für ein kurzes Winken in Richtung des Maklers Zeit, er muss sich beeilen, um Frau von Drohnau-Schnellmann einzuholen.

Der letzte visuelle Eindruck vom Hornbrillen tragenden Makler, den der junge Architekt erhascht, ist der eines geschlagenen Menschen, der ungläubig vor sich hin starrt und nicht weiß, was genau ihm eben widerfahren ist.

Als er zusammen mit der älteren Dame im Aufzug zum Erdgeschoss fährt, zum Glück sind sie alleine in der Kabine, kann Franz von Brrand nicht länger an sich halten: "Darf ich mir eine Bemerkung erlauben?"

Sie grinst ihn an, mit dem fröhlichen Lächeln im Gesicht ist der strenge Ausdruck, den sie während der Wohnungsbesichtigung gezeigt hat, völlig verschwunden: "Natürlich!"

"Bitte machen Sie das nicht mit mir. Wenn Sie mit mir unzufrieden sind oder etwas von mir benötigen, dann sprechen wir gerne darüber. Aber bitte, demütigen Sie mich niemals so, wie Sie gerade den armen Makler vorgeführt haben."

Ein heiseres Lachen antwortet ihm: "Ich sehe Ihnen die Sorge nach, mein Lieber, denn Sie kennen mich noch nicht lange. Diese Behandlung lasse ich nur Wesen zuteilwerden, die das auch wirklich verdient haben. Ich denke, dieser Makler hat jede Minute meiner Aufmerksamkeit redlich verdient, was meinen Sie?"

Franz von Brrand blickt sie verblüfft an. Dann muss er kichern: "Oh ja, das hat er wahrlich."

Im Erdgeschoss angekommen begleitet er sie noch zu ihrem Fahrzeug, einem schnittigen Sportwagen der Marke, die normalerweise vermögende, ältere Herren kaufen, um junge Damen zu beeindrucken. Sie steigt behände in den Wagen, schließt die Tür und startet den Motor. Mit lautem Röhren meldet dieser sich sofort zum Dienst, offenbar mehr als bereit, dem Fahrzeug den Vortrieb zu verschaffen, den es aufgrund der schnittigen Optik auch verdient. Dann lässt sie die Scheibe auf der Fahrerseite herunter und winkt Franz von Brrand noch einmal zu sich her: "Ich freue mich darauf, bald von Ihnen zu hören!"

Er hebt die Stimme, um den Motor zu übertönen, der zwar im Leerlauf arbeitet, aber akustisch beeindruckend seine Arbeit kundtut.

"Sobald ich vom Makler etwas höre, melde ich mich sofort bei Ihnen, versprochen!"

Sie nickt verstehend, dann reicht sie ihm eine Karte. Dabei blickt sie ihn nachdrücklich an: "Natürlich. Aber das meinte ich nicht. Ich sprach vom Umbau der sanitären Anlage der kleinen Turnhalle des Gymnasiums."

Sein Blick lässt sie hell auflachen: "Ah, ich sehe, Sie wussten es nicht. Nun, mein Bester, ich bin ehrenamtliche Vorsitzende des Fördervereins des Gymnasiums. In dieser Funktion gewähre und überwache ich die Mittelverwaltung. Also ... wir sehen uns!"

Sie nickt ihm zum Abschied zu. Er macht einen Schritt zur Seite und der Sportwagen fährt mit atemberaubender Beschleunigung an, nur um Sekunden später scharf abzubiegen. Dann ist nur noch das Röhren des Motors zu hören. Franz von Brrand schaut ihr nach, dann liest er die Visitenkarte, die sie ihm gegeben hat.
Dann wendet er sich um und macht sich auf den Heimweg. Ein Gefühl sagt ihm, dass er gerade von dieser Frau von Drohnau-Schnellmann unter die Lupe genommen worden ist und dass er diese Prüfung mit Bravour bestanden hat. Ohne genau sagen zu können, warum, lässt ihn dieser Gedanke beschwingt ausschreiten.

15 Sachen gibt's

Franz von Brrand genießt die Fahrt. Heute hat er seit langer Zeit zum ersten Mal wieder einen Termin bei einem potenziellen Bauherrn. Seine Bürohilfe hat den Termin für ihn vereinbart. Es geht um die Erweiterung eines Produktionsgebäudes in einem der großen Gewerbegebiete von Sturmbach, einer der Stadt Kleinberghain vorgelagerten Ortschaft mit geringer Einwohnerzahl, aber dafür umso größeren Gewerbegebieten. Sturmbach ist aufgrund der Gewerbesteuereinnahmen auf der Habenseite. Durch die geringe Einwohnerzahl müssen sie auch geringe Ausgaben für soziale Einrichtungen wie Schulen und Kindergärten leisten und so wird es durch die wenig belastete Ausgabensituation auf der Sollseite eine der wenigen Gemeinden in Deutschland mit einem ausgeglichenen Haushalt. Mit automatischer Aufmerksamkeit steuert er den Wagen und sinniert gleichzeitig darüber nach, dass bei genauer Betrachtung Sturmbach durch die sich auf viele Unternehmen stützende Einnahmequelle der Gemeinde eine solide, wirtschaftliche Basis vorzuweisen hat. Gibt es doch so viele Beispiele, in denen einzelne, große Unternehmen die Geschicke von Städten und Gemeinden beeinflussen. Dies kann durch den geleisteten Obolus in Form von Steuern und Abgaben oder schlicht durch die soziale Bedeutsamkeit als größter Arbeitgeber vor Ort sein. Sturmbach ist eine Ausnahme, ein Solitär unter den Kommunen in Deutschland. Schließlich erreicht er sein Ziel. Der junge Architekt wird auch hier freundlich empfangen, wie schon beim Projektentwickler für das Mehrfamilienhaus. Zuerst steht die Besichtigung der Produktionsgebäude auf dem Plan. Es werden tatsächlich Zahnbürsten in allen möglichen Farben und Formen hergestellt. Franz von Brrand hat sich noch nie damit beschäftigt, welcher Aufwand in der Produktion und der Logistik getrieben wird, damit am Ende im Regal des Drogeriemarktes eine in eine attraktive Blisterverpackung gehüllte Zahnbürste sich dem geneigten Kunden zum Kauf anbieten kann. Im Laufe der Besprechung entdeckt der junge Architekt auf den Plänen der bisherigen Gebäude keinerlei Unterlagen zum Brandschutz. In der weiteren Diskussion wird klar, dass seit der Bauabnahme der aktuellen Produktionsgebäude keine Brandverhütungsschau durchgeführt wurde. Die betroffenen Blicke, die nach dieser Erkenntnis zwischen Produktionsleiter und Geschäftsführer gewechselt werden, lassen Franz von Brrand erkennen, dass dieses Thema für beide gänzlich neu ist. Mit einfachen Worten versucht er beiden darzulegen, dass das Thema Brandschutz nun mal in der LBO verankert ist und heutzutage seitens der Behörden großer Wert auf diese Dinge gelegt wird. Am Ende wird das Büro Planschmiede mit der Vorplanung für die Erweiterung der Produktionsgebäude beauftragt und zusätzlich beabsichtigt, Franz von Brrand sich darum zu kümmern, dass die für den Brandschutz vor Ort notwendigen Maßnahmen geprüft und wo unerlässlich nachgebessert werden. Das Gespräch wurde in angenehmer Atmosphäre beendet und inzwischen befindet sich der junge Architekt wieder auf dem Rückweg. Seine Gedanken beschäftigen sich bereits mit der Planung der Produktionsgebäude und er entwickelt einige Ideen dazu. Das Thema Brandschutz ist ihm persönlich sehr

wichtig und er kennt genau das richtige Unternehmen für diese Aufgabe. Einer seiner ersten Aufgaben bei seinem ehemaligen Arbeitgeber war die Überprüfung der Brandschutzmaßnahmen für ein großes Innenstadthotel. Dafür hatte der Bauherr damals eine Fachfirma eingeschaltet und Franz von Brrand nimmt sich vor, seinen damaligen Kontakt für die aktuelle Aufgabe anzusprechen. Dann schweifen seine Gedanken ab. Er genießt es, dass sich aktuell seine berufliche und vor allem seine private Situation sehr positiv entwickeln. Seine Beziehung zu Fernanda wächst und gedeiht trotz der vielen Zeit, die er im Büro Planschmiede mit Arbeit verbringt. Aber der gegenseitige Respekt zwischen der Direktorin des Gymnasiums und dem jungen Architekten erlaubt es beiden, die zeitliche Bindung durch berufliche Belange des jeweils anderen zu verstehen und sogar mehr noch zu akzeptieren. Franz von Brrand ist sich sicher, dies macht ihm das Führen einer Beziehung überhaupt erst möglich.
Die Sonne scheint warm durch die Frontscheibe und er hat die Landstraße praktisch für sich alleine. Plötzlich ertönt ein lauter Knall und sofort schlägt das Lenkrad, gleich einem jungen, wilden Hengst auf der Weide, hart aus. Obwohl er sehr erschrocken ist, reagiert der junge Architekt geistesgegenwärtig und hält das Auto gerade so auf der Straße. Durch eine glückliche Fügung des Schicksals ist er alleine auf der alten Landstraße und so kann er das Fahrzeug in wilden Schlingerbewegungen langsam abbremsen und schließlich zum Stillstand bringen. Einmal angehalten, legt er den Leerlauf ein und schaltet den Motor aus. Übergangslos tritt Ruhe ein, im Kontrast mit der wilden Schlingerfahrt von eben wirkt diese Ruhe wie ein Guss eiskalten Wassers. Er

muss mehrmals tief durchatmen, bis er sich gefangen hat. Schließlich steigt er aus, geht zur Fahrzeugfront und untersucht den Reifen. Der linke Vorderreifen ist in Ordnung. Aber auf der rechten Seite sind nur noch Fetzen des Reifens auf der Felge zu sehen. Er blickt die Landstraße zurück und dort liegen weit verteilt schwarze Gummistücke des rechten Vorderreifens seines Autos. Er nickt versonnen und denkt sich mit nüchterner Gewissheit, dass das gerade noch einmal glimpflich ausgegangen ist. Wäre die Strecke nicht so gerade und wäre er nicht alleine auf weiter Flur unterwegs gewesen, dann wäre ein Unfall mit vielleicht dramatischen Folgen unvermeidbar gewesen. Seinem Schicksal dankend zieht er sein Mobiltelefon aus der Tasche und will Hilfe holen.

Dann muss er feststellen, dass er sich offenbar punktgenau in einer der nach Bekunden der Telekommunikationsanbieter äußerst seltenen, fast nicht existenten Gebiete aufhält, in der keinerlei Mobilfunkempfang vorhanden ist. Energisch marschiert er zuerst einige hundert Meter in Fahrtrichtung die Landstraße entlang und hält dann, wohl zur Verbesserung der Empfangssituation gedacht, sein Mobiltelefon mit ausgestreckten Arm nach oben. Er muss blinzeln, um die Anzeige des Telefons gegen den hellen, sonnigen Himmel ablesen zu können. Kein Empfang, auch hier nicht. Er nickt ärgerlich vor sich hin und marschiert in die Gegenrichtung. Nach schweißtreibenden, weiteren Minuten akzeptiert er endlich, dass er im kommunikativen Niemandsland gestrandet ist. Eine Insel der Ruhe, der Einkehr. Ärgerlich schüttelt er den Kopf, zieht sein Stoffjacket aus und geht zurück zu seinem Auto. Dort öffnet er den Kofferraum und siehe da, unter der

Bodenabdeckung erblickt er das Objekt seiner möglichen Rettung. Grinsend macht er sich auf, das entsprechende Werkzeug zu suchen. In den nächsten Minuten öffnet er jede Klappe, zieht Abdeckungen nach oben und zur Seite, blickt unter die Vordersitze, ja er öffnet sogar die Motorhaube. Dann muss er sich eingestehen, dass sein Auto keinerlei Werkzeug oder gar einen Wagenheber an Bord hat. Tief einatmend, schaut er auf. Seit er gestrandet ist, abseits jeglicher Zivilisation oder technischer Unterstützung jedweder Art, hat kein einziges Fahrzeug den Ort seiner Havarie passiert. Er blickt sich um, aber weit und breit ist auch kein einziger Baum zu sehen, in dessen Schatten er auf Rettung aus dieser misslichen Lage hoffend die Zeit mit Warten verbringen könnte. Ein weiterer Blick nach oben. Die Sonne scheint grell und heiß auf ihn herab. Franz von Brrand ist klar, dass er sich auf einiges an Wartezeit einstellen muss. Kurz versucht er sich daran zu erinnern, wie weit die nächste Ortschaft entfernt ist. Aber dieses Teilstück seines Weges hat ihn auf der Herfahrt fast eine halbe Stunde lang durch die Natur geführt, ohne dass er an einer als menschliche Ansiedlung durchgehenden Ansammlung von Gebäuden vorbeigekommen wäre. Lediglich einige brüchige Feldscheunen hat er passiert. Danach ist er an dem ein oder anderen Transformatorenhäuschen, quadratische Gebäude, die wie zurückgebliebene Relikte aus einer früheren Zeit der Technologisierung der Welt wirken und inzwischen ohne praktischen Nutzen sind, vorbeigekommen.

Nach einem Moment der Unsicherheit beschließt Franz von Brrand sich zum Warten in sein Auto zu setzen. Er öffnet alle Fenster, sodass der warme Wind durch das

Auto wehen kann und setzt sich auf den Beifahrersitz. Dann öffnet er den Ordner mit den Unterlagen seiner neuen Bauherrschaft und nutzt die Wartezeit dafür, diese sorgfältig und systematisch durchzuarbeiten, begleitet von leisen Windgeräuschen und etwas Vogelgezwitscher. Der junge Architekt ist so in das Aktenstudium vertieft, dass er das tief brummende Motorengeräusch und das metallische Scheppern hinter sich nicht bemerkt hat. Erst als mit lautem Getöse ein altersschwacher Lkw mit niedriger Pritsche an ihm vorbeirollt und dann rechts vor ihm einschert, um dort unter für einen Lkw üblichen Quietschen und Zischen der pneumatischen Bremsanlage anzuhalten, blickt er erschrocken auf. Dann muss er lächeln, denn das Schicksal oder das Universum waren ihm hold gewesen. Vor seinem Auto hat ein gelber Abschleppwagen angehalten. Franz von Brrand steigt aus und geht nach vorn. Gerade als er am Heck des in die Jahre gekommenen Abschleppers vorbeigeht und deshalb einen Blick auf die linke Fahrerkabine werfen kann, wird der Motor des Abschleppwagens ausgeschaltet und die Fahrertüre geöffnet und ein Mann steigt geschäftig aus. Er wendet sich zu dem jungen Architekten um und grinst ihn fröhlich an. Auf dem Kopf trägt der Fahrer eine verwaschene Schildmütze, das Werbelogo ist nicht mehr zu erkennen. Sein bärtiges Gesicht wirkt offen und freundlich. Franz von Brrand denkt spontan, dass dieser Mensch mit sich im Reinen ist und das Leben genießt.

"Hallo mein Freund, da haben Sie ja ordentlich Debris auf der Straße verteilt!"

Franz von Brrand hat die wenigen Meter zurückgelegt

und schüttelt nun dem Fahrer dessen freundlich dargebotene Hand. Mit einem Lächeln begrüßt er ihn seinerseits: "Bin ich froh, Sie zu sehen!"

Dann wird sein Blick nachdenklich: "Was ist Debris?"

Laut lacht der Fahrer auf, ein lebensfrohes, aufrechtes Lachen ist das: "Na, die Fetzen Ihres kaputten Reifens. Ist doch einer beschädigt, nehme ich an oder?"

Franz von Brrand nickt traurig: "Ja, vorne rechts. Ist völlig zerfetzt."

Jetzt schaut ihm der Fahrer neugierig an: "Kein Ersatzrad?"

Hilflos zuckt Franz von Brrand mit den Schultern: "Doch, aber ich habe kein Werkzeug gefunden. Saublöd."

Kurz blickt ihn der Fahrer wieder an, dann lacht er erneut laut auf: "Jede Wette, Sie sind Arzt oder Rechtsanwalt."

Abwehrend schüttelt Franz von Brrand den Kopf: "Nein, Architekt, Franz von Brrand, Büro Planschmiede Kleinberghain."

Kurz scheint sich der Blick des Fahrers bei der Nennung des Berufes oder der Stadt zu verfinstern, der junge Architekt kann die Reaktion des Fahrers nicht richtig einordnen. Dieser fährt dann wieder mit neutralem Gesichtsausdruck fort: "Kirn, Stefan. Ich habe eine kleine Werkstatt und fahre nebenher immer wieder mit meinem Abschlepper zu Einsätzen. Haben Sie unter dem Ersatzrad gesucht?"

Betroffen schüttelt Franz von Brrand den Kopf ob dieser an und für sich offensichtlichen Idee. Natürlich muss dort das Werkzeug in seinem Auto verstaut sein: "Oh, Mist, nein. Darauf bin ich ehrlich gesagt gar nicht gekommen. Und jetzt komme ich mir vor wie ein Trottel."

Der Fahrer lächelt ihm bei dieser Selbstverurteilung an: "Ach was. Sehen Sie es einfach so: Wenn Sie das Rad selbst gewechselt hätten, dann müssten Sie ihre Kleider nachher entweder gründlich reinigen oder gleich wegwerfen. Aber jetzt bin ich ja da. Dann wollen wir mal schauen!"

Unfassbar kurze zwölf Minuten später ist das Ersatzrad montiert und Franz von Brrand fährt nun mit erleichtertem Grinsen hinter dem Abschleppwagen her. Stefan Kirn hat ihm angeboten, den kaputten Reifen sofort zu ersetzen und der junge Architekt hat beschlossen, diese Gelegenheit beim Schopfe zu fassen.

Als zwei Stunden später Stefan Kirn vorsichtig den Kofferraum zufallen lässt, lächelt Franz von Brrand ihm dankbar an: "Vielen Dank für den Kaffee und die Rettung aus höchster Not."

Lächelnd antwortet ihm der Angesprochene: "Ach was. So etwas gehört sich doch. Und ob sie es glauben oder nicht ...", seine Stimme nimmt jetzt einen verschwörerischen Ton an, als er fortfährt, "... ich mache das für Geld! Ein Söldner der Landstraße sozusagen."

Diese Erklärung begleitet Stefan Kirn mit ernstem Nicken. Einen Moment ist der junge Architekt verblüfft, dann lacht er laut auf: "Wenn das so ist, wo kann ich Ablass leisten?"

„Kommen Sie mit ins Büro. Keine Sorge, es wird nicht allzu teuer. Ich bin ja kein Unmensch."

Franz von Brrand folgt dem freundlichen Mann in sein Büro. Das Anwesen ist eine aufgelassene Tankstelle, das Vordach und die Fundamentreste für die Zapfsäulen sind noch zu sehen. Der ehemalige Verkaufsraum ist offensichtlich das Büro von Stefan Kirn.
Solange dieser die Rechnung fertig macht, schaut sich Franz von Brrand neugierig um. Hinten im Raum stehen viele Kartons gestapelt, die alle sauber beschriftet sind. Er liest gerade, was auf den Etiketten steht, als hinter sich ihm Stefan Kirn zu Wort meldet. Franz von Brrand wendet sich ertappt um, als er dessen Stimme vernimmt: "So, das hätten wir."

Stefan Kirn blickt gerade von seiner Arbeit an der Rechnung auf, die er hinter dem Tresen der ehemaligen Tankstelle stehend von Hand ausgefüllt hat. Er bemerkt, was sich Franz von Brrand gerade angeschaut hat.
Mit zerknirschtem Gesichtsausdruck entschuldigt er sich: "Bitte entschuldigen Sie. Ich wollte nicht schnüffeln. Mir sind nur die vielen Kartons aufgefallen."

Der Blick von Stefan Kirn geht in die Ferne: "Ja, das sind letzte Reste eines alten Lebens."

Dann geht sein Blick zurück zum jungen Architekten: "Wissen Sie, ich war früher einmal in einem anderen Teil meines Lebens auch in Ihrer Branche.

Neugierig geht Franz von Brrand auf ihn zu. Mit leicht wehmütigem Ausdruck im bärtigen Gesicht erzählt Stefan Kirn: "Ich war Oberpolier auf dem Bau. Das habe ich wirklich gern gemacht. Dann wurde das Familienunternehmen meines Chefs von einem Investor aufgekauft und umbenannt."

Ein abschätziges Kopfschütteln begleitet seine nächsten Worte: "Zock-Bau. Wer kommt denn auf so einen saublöden Namen. Aber was soll's. Aber von da an ging es bergab. Die Baustellen wurden immer größer, 'Alles aus einer Hand' war die Devise des Investors. Unser Bauleiter war, gelinde gesagt, ein ahnungsloser Trottel. Wir auf der Baustelle haben versucht, die schlimmsten Fehler zu korrigieren."

Dann wird sein Blick zornig: "Am schlimmsten waren die ständigen Rotstiftkorrekturen der Pläne. Das war nicht gut."

Franz von Brrand hat aufmerksam zugehört: "Was heißt das: Rotstiftkorrekturen?"

"Na, die Arbeitspläne. Hier wird eine gezeichnete Wand per Rotstiftkorrektur um einen Meter fuffzig verschoben, dort das Treppenhaus schmaler, so was eben. Nicht in Ordnung, wenn Sie mich fragen."

Die letzten Worte haben eine Saite bei Franz von Brrand zum Schwingen gebracht. Vorsichtig fragt er nach: "Hatten Sie auch Baustellen in Kleinberghain?"

Ein bellendes Lachen war die Antwort: "Klar doch, fast nur dort. Erst nach der Insolvenz habe ich herausgefunden, dass unser Bauleiter mit dem Stadtbauamt und einem der örtlichen Makler unter einer Decke steckten. Ein korruptes Pack war das, alle miteinander, sage ich Ihnen. Deshalb bin ich dort weg, als Zock-Bau pleiteging."

Er lässt den Blick kurz über sein Büro schweifen: "Meine Frau war kurz vorher gestorben, also hat mich dort nichts mehr gehalten. Jetzt bin ich mein eigener Herr."

Jetzt lächelt Stefan Kirn wieder zufrieden. Franz von Brrand nickt anteilnehmend und bewundert die innere Ausgeglichenheit, die nun wieder in der Stimme seines Gegenübers zu hören ist. Dann, einer spontanen Eingebung folgend, fragt er leise weiter: "Sagen Sie mal, kennen Sie einen Volker Gehrnau?"

Der Blick, den er dem jungen Architekten soeben zuwirft, lässt ihn erschrocken einen Schritt zurückweichen.

"Dieser Betrüger? Haben Sie etwas mit dem zu schaffen? Wenn ja, dann ziehen Sie Leine und wagen Sie nicht, jemals wieder aufzutauchen!"

Bei diesen Worten hat sich Stefan Kirn in Bewegung gesetzt und umrundet gerade den Tresen, als der junge Architekt mit abwehrend erhobenen Händen versucht, den aufgebrachten Mann zu beruhigen: "Nein, nein, Sie verstehen nicht. Gehrnau ist nun Stadtbaumeister in Kleinberghain und offen gestanden, hat er mich aus einem unbekannten Grund auf dem Kieker!"

Abrupt bleibt Stefan Kirn stehen: "Er hat Sie auf dem Kieker? Das müssen Sie mir erzählen."

Bis spät in die Nacht dauert die Unterhaltung noch, lediglich eine kurze Pause zum Hinunterschlingen der bestellten Pizzen gewähren sich die beiden so unglei chen Männer.
Schließlich hat Stefan Kern dem jungen Architekten einige der Unterlagen, die sie während ihrer Unterhaltung im Wohnzimmer des an die ehemalige Tankstelle angrenzenden, uralten Wohnhauses aus den Kartons genommen und ausgebreitet hatten, mitgegeben.

Bei der Verabschiedung haben sich beide feierlich die Hände gedrückt und dann hat Stefan Kirn den jungen Architekten für diesen vollkommen unerwartet umarmt: "Wenn nach all den Jahren diesen Schweinen endlich das Handwerk gelegt wird, dann war das heute der beste Tag meines Lebens."

Der junge Architekt muss auf dem Heimweg, inzwischen ist es stockdunkel geworden, im Neumond ist die Straße ein hellgraues Band im Lichte der Scheinwerfer seines Autos, immer wieder an diese Worte denken. Dann denkt er an den Berg an Dokumenten in seinem

Kofferraum. Sie befinden sich direkt über dem inzwischen fachkundig reparierten Ersatzrad, das wieder an seinem angestammten Platz montiert ist und so die unter ihm lagernden Werkzeuge wieder vor suchenden Blicken schützt.

Gleich morgen wird er zusammen mit Aysche Gülügül diesen Schatz durcharbeiten. So nimmt sein Plan, den er als spontanen Entschluss vor einigen Tagen im Stillen gefasst hat, weiter Formen an.

Als er schließlich das Ortsschild von Kleinberghain passiert, grinst er in sich hinein und flüstert leise: "Kleinberghain, ich komme!"

16 Ein Sturm zieht auf

Franz von Brrand blickt zufrieden auf die vier hohen Stapel Papier. In den vergangenen Tagen hat das Büro Planschmiede immer wieder große Aktenstapel erhalten. Flobär hat jeden Aktenstapel sofort beim Eingang eingescannt und in digitaler Form gespeichert. Der junge Architekt erinnert sich noch hervorragend an den Abend, als der Praktikant kurz vor Feierabend unbedingt mit ihm reden wollte. Immer wenn er sich seither an dieses Gespräch zurückerinnert, ist er der festen Überzeugung, dass sein Praktikant zu viele Agentenfilme gesehen hat. Aber der junge Mann hat darauf bestanden, dass die Originale sofort nach Eingang im Büro Planschmiede gescannt und danach an einen sicheren Ort verbracht werden. Er hat sogar angeboten, dies in seiner Freizeit zu erledigen. Sein Blick geht zu Flobär, der zufrieden auf sein Werk schaut: "Also Herr Berling, das sind alle Akten, die wir bekommen, haben als Ausdruck der digitalen Kopien, die Sie erstellt haben?"

Der Praktikant nickt stolz: "Jep, Chef. Dank des neuen Scanners ging das sehr flott und unser Drucker ist auch nicht ohne."

Der Blick des Praktikanten geht zu der alten Metallkiste, die in der Ecke am Boden steht: "Und die Originale sind alle dort drin."

Wieder, wie schon oft in den vergangenen Tagen, blickt

er seinem Chef mit ernster Miene in die Augen: "Chef, bitte, die müssen woanders hin."

Franz von Brrand lacht auf, wie jedes Mal, wenn sein Praktikant ihn daraufhin anspricht: "Wir sind doch nicht in einem Agentenkrimi. Wer soll sich denn schon für diese Akten interessieren. Eigentlich weiß doch niemand, dass wir das alles haben."

Von hinten mischt sich Aysche Gülügül ein: "Chef, Flobär hat recht. Sie haben die Sachen doch auch gesichtet. Da stehen genügend Informationen über sehr seltsame Sachen drin und sicher möchte so mancher in Kleinberghain nicht, dass diese bekannt werden."

Flobär nickt bestätigend und setzt noch mal nach: "Chef, bitte. Wir haben die Ausdrucke, damit können wir arbeiten. Aber die Kiste sollte woanders hin."

Franz von Brrand seufzt, dann lässt er sich versuchsweise auf die Gedanken seiner beiden Mitarbeiter ein: "Also schön, angenommen, die Kiste dokumentiert Missetaten und die Bösewichte wollen diese um jeden Preis verheimlichen."

Seine Bürohilfe schüttelt energisch den Kopf: "Nein Chef, nicht angenommen. Das ist so. Basta! Wir alle haben beim Sortieren gesehen, was da drinsteht."

Zuerst möchte Franz von Brrand ärgerlich aufbrausen, dann gibt er sich geschlagen: "In Ordnung, ihr zwei. Also, die Sachen in der Kiste sind wichtig und müssen geschützt werden. Wie sollen wir das tun."

Alle schauen sich ratlos an. Flobär spricht laut aus, wo das Problem liegt: "Wenn wir die Sachen wirklich sicher unterbringen wollen, dürfen sie nicht im Büro oder bei einem von uns gelagert werden, das würde nicht helfen."

Nachdenkliches Nicken und ratloses Schweigen sind die Antwort der beiden. Dann erinnert sich Franz von Brrand aus heiterem Himmel an seinen Professor für Stadtplanung. Dessen Wahlspruch war, dass ein Projekt am besten damit begonnen wird, indem man anfängt: "Also schön. Dann verfrachten wir die Kiste in mein Auto und ich lasse mir dann noch etwas einfallen, wo wir das Ding unterbringen können, damit der Geheimdienst der Bösen sie nicht findet."

Flobär schüttelt tadelnd den Kopf: "Chef, echt jetzt. Da stehen Sachen drin, die so manchen viel Geld oder vielleicht sogar Ruf oder noch schlimmer Karriere kosten könnten. Das sollten Sie nicht auf die leichte Schulter nehmen."

Er blickt in die Runde und fährt dann fort: "Deshalb habe ich die Scans nicht nur lokal auf unseren Systemen gespeichert, sondern auch an einem sicheren Ort im Internet."

Mit diesen Worten zieht er Kärtchen aus der Tasche und verteilt diese: "Das sind die Zugangs-Links und das Passwort zu diesem Onlinespeicher. Nicht verlieren!"

Franz von Brrand nimmt sein Kärtchen mit amüsiertem Grinsen entgegen: "Danke, 007."

Sein Praktikant seufzt lediglich als Reaktion; Aysche Gülügül betrachtet ihre Karte kurz und nickt dem Praktikanten dann anerkennend zu: "Das ist eine gute Idee, Flobär. Danke!"

Froh, dass wenigstens eine Person seine Sorgen teilt, grinst er sie an. Franz von Brrand klatscht in die Hände: "Also los, ihr Agenten. Lasst uns anfangen. Zuerst kommt diese Kiste also zu mir ins Auto."

Der hintere Ausgang des Büros führt direkt in den Innenhof und so haben der junge Architekt und sein Praktikant die Kiste schnell dorthin getragen und in den Kofferraum gehievt. Gerade als Franz von Brrand den Deckel wieder zuschließt, klingelt sein Mobiltelefon. Sein Praktikant bedeutet ihm mit Handzeichen, dass er sich an das Studium der Akten macht. Franz von Brrand nickt ihm zu, dann schaut er auf den Bildschirm. Eine Vorwahl von der Arabischen Halbinsel wird angezeigt. Mit einem mulmigen Gefühl nimmt er das Gespräch an.

"Franz, bist du das?"

"Ja, Mama! Ist alles in Ordnung? Ist etwas passiert?"

Ein amüsiertes Lachen war die Antwort: "Alles klar, keine Sorge. Aber ich muss dir unbedingt etwas erzählen."

Nach einem Moment der Erleichterung hört Franz von Brrand aufmerksam zu. Seine Eltern wurden von ihrem Steuerberater aus Deutschland kontaktiert. Das Finanzamt hat ihm mitgeteilt, dass es die Finanzen seiner

Eltern im Rahmen einer Außenprüfung untersuchen möchte. So wie es seine Mutter schildert, ist dieses Vorgehen absolut ungewöhnlich. Und dann erzählt sie weiter: "Unser Steuerberater hat ein wenig nachgebohrt. Und stell dir vor, er hat erfahren, dass das Finanzamt einem Verdacht nachgeht."

Franz von Brrand schüttelt verwirrt den Kopf, dann wird ihm bewusst, dass seine Mutter ihn nur hören, nicht sehen kann: "Aber, Mama, was für ein Verdacht? Von wem kommt die Verdächtigung?"

"Franz, deshalb rufe ich dich doch überhaupt an. Unser Steuerberater hat von einem seiner Kontakte im Finanzamt erfahren, dass der Hinweis aus Kleinberghain kommt! Verstehst du?"

"Ich verstehe gar nichts. Was hat denn Kleinberghain mit euch zu schaffen?"

"Eben Franz, eben. Wir haben rein gar nichts mit Kleinberghain zu tun. Weder Papa noch ich ... aber du!"

In diesem Moment läuft es dem jungen Architekten kalt den Rücken hinunter. Und plötzlich wirken die Sorgen seines Praktikanten überhaupt nicht mehr absurd oder eingebildet, sondern im Gegenteil sehr real: "Ich weiß nicht, was ich sagen soll. Soll ich etwas tun, kann ich helfen?"

Wieder ist das Lachen seiner Mutter zu hören: „Nein, Franz. Wir kümmern uns darum, keine Sorge. Da wird nichts dabei herauskommen. Aber...", sie macht kurz eine theatralische Pause, sodass er gespannt darauf wartet, wie sie fortfährt, "...was ist bei dir in Kleinberghain los, dass uns da jemand das Finanzamt auf den Hals jagt?"

"Keine Ahnung, Mama."

"Franz!"

Resigniert atmet er ein und aus, bevor er fortfährt: "Ich bin aus Versehen in das Getriebe der Stadtpolitik geraten."

Vorübergehend ist nur Rauschen zu hören.

"Das ist nicht gut, Franz. Du bist viel zu gutgläubig, als dass du solchen Intriganten Paroli bieten kannst. Hast du Hilfe dort bei dir?"

Sein Blick geht zur Tür seines Büros. Dann nickt er nachdrücklich, bevor er seiner Mutter antwortet: "Ja, Mama. Habe ich."

Wieder das kurze Rauschen. Dann fährt seine Mutter fort: "Dann hör auf diese Menschen. Hast du mich verstanden, Franz?"

Der junge Architekt fällt einen Entschluss. Seine Antwort kommt mit Nachdruck in der Stimme: "Das tue ich, Mama. Versprochen. Nochmals: euch geht es gut?"

Wieder lacht seine Mutter, als sie antwortet: "Klar, hier

ist es warm, sonnig und Papa ist ausreichend beschäftigt. Also alles klar bei uns. So, ich muss los. Pass auf dich auf, Franz, hörst du?"

"Klar. Mach' ich doch immer."

"Tust du normalerweise nicht. Aber diesmal schon!"

"Natürlich, Mama. Mach's gut!"

Nach letzten Worten der Verabschiedung beendet er das Gespräch mit nachdenklichem Blick. Dann geht er zurück ins Büro und verschließt dabei die Türe zum Hinterhof betont sorgfältig.

Er will sich gerade den Papieren zuwenden, da steht seine Bürohilfe mit ernstem Gesicht vor ihm: "Ein Professor Vern hat angerufen, Sie sollen unbedingt schnellstmöglich zurückrufen."

Franz von Brrand kann gerade noch vermeiden mit den Augen zu rollen. Was ist heute nur los, dass ihn ständig Menschen aus seinem privaten Umfeld erreichen wollen?

"Danke, Frau Gülügül. Ich rufe gleich an." Er nimmt den Zettel mit der Telefonnotiz von ihr entgegen. Dann geht er zurück in sein Büro und wählt die dort aufgeschriebene Nummer eines Mobiltelefons.

"Vern!" Sein ehemaliger Professor meldet sich sofort. Seine Stimme klingt noch genauso, wie sie der junge Architekt in Erinnerung hat.

"Franz von Brrand, Herr Professor! Sie wollten mich dringend sprechen?"

"Franz? Gut, dass Sie anrufen. Können wir uns treffen?"

Überrumpelt antwortet der junge Architekt reflexartig: "Natürlich, aber warum?"

"Das erzähle ich Ihnen besser persönlich. Hören Sie, Sie haben doch auch die Einladung der Kammer zur Gebäudesanierungskonferenz erhalten?"

Franz von Brrand erinnert sich an die E-Mail, die vor einigen Tagen bei ihm eingegangen ist. Ihn hat das Thema nur am Rande interessiert und so hat er sich nicht weiter damit beschäftigt.

"Ich glaube, ich habe eine E-Mail dazu erhalten, warum?"

"Ist ganz in Ihrer Nähe, ein Tagungshotel, etwas außerhalb. Wir sollten uns dort treffen. Ist heute 14 Uhr in Ordnung für Sie?"

Überrumpelt denkt Franz von Brrand kurz nach. Dann antwortet er, den Rat seiner Mutter im Hinterkopf, vorsichtig: "Das könnte klappen. Aber was ist denn so wichtig, dass wir uns persönlich sprechen sollten?"

"Ich erzähle es Ihnen später. Hab' jetzt einen Vortrag. Wir sehen uns nachher um zwei! Bis später!"
Und schon war das Gespräch beendet.

Franz von Brrand setzt sich stirnrunzelnd auf seinen Schreibtischstuhl. Dann folgt er einer spontanen Eingebung. Er holt sein Mobiltelefon hervor und sucht eine Nummer aus seinem Adressbuch heraus und wählt diese. Nach kurzen zwei Klingeltönen meldet sich eine Frauenstimme: "Von Drohnau-Schnellmann!"

"Guten Tag, Frau Drohnau-Schnellmann, hier spricht Franz von Brrand Frau. Wir haben uns neulich bei der Besichtigung der Wohnung kennengelernt, Sie haben mir Ihre Karte gegeben."

Die Stimme wird wärmer, sie antwortet erfreut: "Natürlich, der Architekt. Wie kann ich Ihnen helfen?"

Franz von Brrand beschließt, direkt auf den Punkt zu kommen. Frau von Drohnau-Schnellmann scheint ihm geistig rege genug zu sein, um mit einer solcherart direkten Kommunikation umgehen zu können.

"Kann ich heute so gegen 13 Uhr kurz bei Ihnen vorbeikommen? Ich muss Sie um einen Gefallen bitten."

"Aha, einen Gefallen. Interessant. Nun, in Ordnung, ich bin zu Hause."

Der junge Architekt bedankt sich höflich und beendet das Gespräch. Er schaut auf die Uhr. Das müsste gerade noch reichen, einen Happen zu essen, bevor er sich auf den Weg macht.

Er geht nach vorn, seine Bürohilfe und der Praktikant arbeiten sich bereits durch die Dokumentenberge.

"Ich bin unterwegs."

Aysche Gülügül blickt auf und nickt ihm zu: "Alles klar, Chef. Ich melde mich, wenn wir etwas gefunden haben oder sonst etwas Dringendes ist."

Franz von Brrand lächelt ihr zu und wünscht den beiden viel Spaß bei der Recherche. Müdes Grinsen antwortet ihm. Dann schnappt er sich sein Stoffjacket und macht sich auf den Weg.

17 Wenn die Vögel zwitschern

Die Auffahrt ist eindrucksvoll: ein Kiesweg führt zu einer kreisrunden Fläche vor dem großen Haus. Unten am Eingang ist ein großes, schmiedeeisernes Tor. Noch im Auto sitzend, konnte er sich an einer auf Höhe der Fahrertürscheibe angebrachten Sprechanlage anmelden. Daraufhin schwang das schmiedeeiserne Tor geräuschlos auf und Franz von Brrand konnte die Auffahrt hinauffahren.

Frau von Drohnau-Schnellmann erwartet ihn bereits in der geöffneten Eingangstür. Der junge Architekt steigt aus und erklimmt die drei Stufen hinauf zu ihr und sie reichen sich zur Begrüßung die Hände.

"Also, mein Lieber, was ist so dringend, dass Sie der Höhle der Löwin einen Besuch abstatten wollten?"

Verdutzt schaut sie Franz von Brrand an, dann lacht er amüsiert auf: "Mir war überhaupt nicht bewusst, dass hier ein Raubtier haust!"

Jetzt kichert Frau von Drohnau-Schnellmann, ihr Lächeln verleiht dem in Würde gealterten Gesicht einen mädchenhaften Ausdruck: "Wenn Sie wüssten, wie sich gewisse Makler in die Hose machen, wenn ich sie hierher zitiere!"

Franz von Brrand steigt in den leichten Ton der Unterhaltung ein: "Nun, ich will Ihnen ja keine in die Jahre gekommene Wohnung andrehen, deshalb dürfte mir kein Unbill drohen."

Sie lächelt ihn an: "Sie haben recht. Die Folterkammer für aufdringliche Architekten habe ich neulich erst abbauen lassen."

Jetzt muss er lachen: "Dann ist mir das Glück ja hold."

Dann wird die ältere Dame wieder ernst: "Also, treten Sie ein, dann können wir uns unterhalten."

Er hebt vorsichtig die Hand: "Darf ich Ihnen vorher noch etwas zeigen?"

Sie hebt fragend die Augenbrauen. Er führt sie zu seinem Auto und öffnet den Kofferraum. Die alte Metallkiste wirkt reichlich deplatziert dort.

"Nun, ich darf doch annehmen, dass darin keine zerstückelte Leiche versteckt ist?"
Nachdenklich wiegt er den Kopf: "Wie man es nimmt. Wahrscheinlich sind es sogar mehrere Leichen."
Er schaut sie an, ihr Blick ist vorsichtig, abwartend: "Aber nur in metaphorischer Form. Darin sind Akten."

Ihre Augen mustern ihn einen kurzen Moment. Dann wendet sie sich um: "Wenn das so ist, dann sollten wir uns tatsächlich drinnen weiter unterhalten."

Er folgt ihr ins Haus. Als sie im Wohnzimmer ange-

kommen sind, blickt er sich neugierig um. Eigentlich hätte er bei Frau von Drohnau-Schnellmann erwartet, dass ihr Wohnzimmer mit alten Gemälden und einer Stuckdecke aufwartet. Aber der Raum ist modern eingerichtet. Frau von Drohnau-Schnellmann blickt ihn im Gehen über die Schulter an: "Wir gehen ins Arbeitszimmer."
Das befindet sich weiter hinten, auch dort ist die Einrichtung modern, fast technisch.

Sie hat beobachtet, wie er den Raum mustert und kommentiert ungefragt.

"Keine Ölgemälde und kein Schnickschnack. Ich hab es gern klar und direkt. Aber nehmen Sie bitte Platz."
Sie hat sich hinter ihren Schreibtisch gesetzt, auf dem ein moderner Laptop und mehrere Tablets liegen. Nachdem er sich gesetzt hat, beginnt er mit der Schilderung seiner Erlebnisse der letzten Tage. Dabei versucht er sich so kurz und knapp wie möglich zu halten, denn er vermutet, dass Frau von Drohnau-Schnellmann ausschweifende Erklärungen verabscheut. Als er geendet hat, blickt sie ihn nachdenklich an: "Ich muss Ihrer Frau Mama recht geben. Sie sollten sich Hilfe besorgen. Es ehrt mich, dass Sie mich deshalb aufsuchen oder sollte ich mich im Grund für Ihren Besuch heute täuschen."

Franz von Brrand verneint und fährt offen fort: "Nein, Sie täuschen sich nicht. Nun, ich will dem Rat meines Praktikanten folgen und diese Kiste mit den Originaldokumenten sicher verwahren. Können Sie mir dabei helfen?"

Frau von Drohnau-Schnellmann steht auf und stellt sich vor das Fenster, das den Blick in den Garten freigibt. Dann wendet sie sich um: "Natürlich, mein Bester. Aber eine Frage habe ich noch"
Er hebt auffordernd die Augenbrauen: "Natürlich, und die wäre?"
"Woher wissen Sie, dass Sie mir vertrauen können? Schließlich könnte eine alte Schachtel mit zu viel Geld, Teil dieses ganzen Treibens sein."

Er nickt und blickt etwas betroffen auf seine Hände. Dann fragt er leise: "Darf ich ehrlich zu Ihnen sein?"

"Ich bitte darum."

Dann hebt er den Blick: "Sie sind viel zu intelligent und klug für dieses Pack. Menschen wie unser Freund der

Makler sind ihnen zu wider. Und Sie sind nicht abhängig"

"Mhm, danke für die Blumen, aber das reicht wohl nicht ganz als Antwort."

Franz von Brand seufzt: "Na ja, und ich mag Sie."

Kurz schaut sie ihm ernst in die Augen: "Welch Worte von einem jungen Mann an eine ältere Dame."

Verdattert steht der junge Architekt auf: "Also, nein, ich meine, nicht so, sondern..."

Ihr helles Lachen füllt den Raum: "Keine Sorge, mein Bester, verzeihen Sie mir. Ich konnte der Gelegenheit einfach nicht widerstehen. Das ist eine der Schrullen, die ich entwickelt habe, die Menschen in peinliche Situationen zu bringen."

Dann wird sie erneut ernst: "Also schön. So sei es. Im Keller habe ich einen abschließbaren Raum für Wertgegenstände. Darin können Sie Ihre Kiste unterbringen."

Der Moment der Peinlichkeit ist verflogen. Sie führt ihn wieder hinaus zu seinem Auto und Franz von Brrand hievt die Kiste aus dem Kofferraum. Frau von Drohnau Schnellmann greift sich dann den Griff auf einer Seite der Kiste und gemeinsam schaffen sie das schwere Objekt in den Keller. Schließlich stehen sie wieder am Auto des jungen Architekten, der sich wortreich bei ihr für die Hilfe bedankt. Sie hebt einfach die Hand und fällt ihm ins Wort: "Ist ja gut. Stellen Sie sich einfach vor, wie spannend diese Mantel-und-Degen-Geschichte für eine alte Frau ist."

Dann reicht sie ihm die Hand zum Abschied. Gerade als er in sein Auto einsteigen will, spricht sie ihn noch einmal an: "Eines noch: Seien Sie vorsichtig. Ratten beißen, wenn sie in die Enge getrieben werden."

Ernst nickt er ihr wortlos zu. Dann startet er den Wagen und fährt los.

Seine Gedanken kreisen während der ganzen Fahrt um das Gespräch, das er eben geführt hat. Er folgt den Navigationsanweisungen seines Wagens und erreicht so schließlich das Tagungshotel, von dem sein ehemaliger Professor gesprochen hat. Der Parkplatz ist voll, aber zum Glück findet er noch eine Parklücke.
Im Foyer herrscht reges Treiben, offenbar sind gerade die Vorträge zu Ende gegangen und die Zuhörer finden sich nun zum Austausch zusammen. Er verzieht das Gesicht, schon immer waren ihm derartige Zusammenkünfte ein Gräuel. Für seinen Geschmack wird bei solchen Gelegenheiten zu viel Zeit mit Banalitäten verbracht. Er schaut auf die Uhr, es ist kurz nach zwei. Suchend blickt er sich um, als er plötzlich eine Hand auf seiner Schulter spürt. Als er sich umwendet, blickt er in das nachdenkliche Gesicht seines ehemaligen Professors: "Professor Vern! Gut, dass Sie mich gefunden haben."

Der Blick des jungen Architekten geht gequält in die Runde. Ein leises Lachen von Professor Vern veranlasst ihn dann, diesen wieder anzublicken: "Franz, schön

Sie zu sehen. Sie mögen so etwas noch immer nicht, richtig?"

Der Professor reicht ihm die Hand zum Gruß und Franz von Brrand schüttelt diese ehrlich erfreut. Professor Vern war am Ende seines Studiums sein Mentor und der junge Architekt hält viel von dem Professor für Stadtplanung. Noch bevor er dem Professor antworten kann, fasst dieser ihn beim Arm und führt ihn nach hinten auf eine Terrasse hinaus.

Dort angekommen finden sie ein schattiges Plätzchen ganz am Rande der Terrasse. Der weitläufige Garten des Tagungshotels liegt vor ihnen, leise ist das Zwitschern der Vögel zuhören, ansonsten ist es hier vollkommen ruhig, geradezu friedlich. Abwartend blickt Franz von Brrand Professor Vern an. Dieser hat die Musterung seines ehemaligen Studenten abgeschlossen. Offenbar gefällt ihm, was er sieht, denn sein Blick ist zwar ernst, aber warm und offen: "Was haben Sie sich denn nur dabei gedacht?"

Obwohl er von dieser Frage überrumpelt wird, versucht der junge Architekt, seine Verwirrung in Worte zu fassen: "Wie kommen Sie darauf, dass ich etwas angestellt habe?"
Ein leichtes Kopfschütteln des Professors ist die Antwort. Dann geht dessen Blick in den Garten, als er weiterspricht: "Nun, was soll ich auch anderes denken, wenn mich ein Mitglied des technischen Ausschusses der Stadt Kleinberghain anruft und nachfragt, ob ein gewisser Franz von Brrand tatsächlich bei mir studiert

hat und ob dieser besagte sich zu Recht als diplomierter Architekt ausgibt."
Franz von Brrand meint, sich verhört zu haben: "Ein Mitglied des technischen Ausschusses? Ob ich studiert habe?"
Das Nicken des Professors wird ernst: "Genau. Die Dame, eine etwas unangenehme Zeitgenossin, muss ich sagen, wollte mir unbedingt etwas entlocken, dass Ihnen schaden kann."

Jetzt ist es an dem jungen Architekten, nachdenklich den Garten zu betrachten: "Ich kann mir schon denken, wer das war. Frauke Senffeld, habe ich recht."

Im Augenwinkel sieht er das Nicken des Professors: "In der Tat. Und eine unangenehm aufdringliche Person."

"Ich habe sie erlebt. Persönlich kenne ich sie nicht. Aber sie ist die Vizevorsitzende des TA und hat mich dazu verdonnern wollen, ein Ergonomiegutachten vorzulegen."

Jetzt ist es an dem Professor, verwundert den Kopf zu schütteln: "Davon habe ich noch nie gehört. Wofür bitte sollte das gut sein?"
"Für die Bauvoranfrage zum Einbau einer Dachgaube in einem älteren Bestandsobjekt in der Innenstadt."
Lange Zeit schweigt der Professor: "Wahnsinn. Was kam dabei heraus?"
"Na ja, der Stadtbaumeister hat mir dann erklärt, dass er darauf verzichten würde, wenn wir die Pläne des Bestandsobjektes auf den aktuellen Stand bringen. 'Heilung der Akten' war, glaube ich, seine Formulierung"

"Ungewöhnlich, aber zumindest sollte das kein Problem sein. Im Gegensatz zu dem Unsinn eines Ergonomiegutachtens"
Franz von Brrand ist froh, endlich jemandem die Geschichte erzählen zu können und schildert dann den weiteren Ablauf. Bei seiner Erzählung wird das Kopfschütteln des Professors immer intensiver. Als der junge Architekt geendet hat, kann Professor Vern nicht mehr an sich halten: "Algen! Die wollten doch tatsächlich behaupten, dass Algen einen Dachstuhl in seiner statischen Integrität angreifen kann!"
Dann schaut er seinem ehemaligen Studenten forschend ins Gesicht.

"Jetzt erzählen Sie mir nur nicht, dass da noch mehr kommt."
Mit trauriger Miene schildert Franz von Brrand noch die restlichen Erlebnisse in dieser Sache. Dann reicht er dem Professor in einem spontanen Beschluss die Karte mit den Zugangsdaten, die ihm sein Praktikant gegeben hat: "Dort hat unser Praktikant alles gespeichert."
"Nur zur Klarstellung: Sie binden mir keine Bären auf?"
„Nein. Das alles ist genau so passiert."

Der Professor wedelt kurz mit der Karte: "Dort sind die ganzen Unterlagen digitalisiert gespeichert. Alles, also auch die Rotstiftkorrektur-Zeichnungen dieser Firma Zock-Bau?"
Franz von Brrand nickt: "Genau. Alle von Volker Gehrnau mit Namenskürzel freigegeben."
"Deser Gehrnau ist inzwischen Stadtbaumeister?"
„Genau. Ich bin nicht sein Liebling, das kann ich Ihnen

versichern."

Nun ist eine Zeit lang nur das Zwitschern der Vögel zu hören. Schließlich wendet sich Professor Vern wieder seinem ehemaligen Studenten zu: "Was haben Sie nun vor?"
Franz von Brrand hat mit dieser Frage gerechnet. Mit ernster Miene kann er daher spontan antworten.

"Ganz einfach. Ich werde diese Dachgaube einbauen."
Professor Vern versteht, was der junge Architekt damit meint: "Mhm, dann stellen Sie sich mal auf ordentlich Gegenwind ein."
Franz von Brrand lacht auf: "Der weht mir doch bereits ins Gesicht!"
Nachdenklich nickt ihm der Professor zu: "Nein. Der Sturm kommt erst noch, glauben Sie mir. Solche Gesellen kennen kein Pardon, wenn sie sich in Gefahr wähnen."
Diese Worte bestätigen, was der junge Architekt schon die ganze Zeit unbewusst befürchtet hat. Aber er verspürt ein inneres Bedürfnis, in dieser Sache nicht nachzugeben. Sein ehemaliger Professor erkennt das an seinem Mienenspiel.

"Ah, der Krieger ist erwacht. Dann brauchen Sie jede Hilfe, die Sie bekommen können."
"Sie möchten mir helfen?"
Ein böses Grinsen des Professors antwortet ihm: "Natürlich. Den Spaß lasse ich mir nicht entgehen."
Fragend schaut der junge Architekt seinen ehemaligen Professor an. Der hebt die Karte, die er immer noch in der rechten Hand hält, leicht an: "Darf ich das verwen-

den?"
Franz von Brrand nickt nach kurzem Zögern: "Dann werde ich mal meinen Freund in der juristischen Fakultät darauf ansetzen."
Jetzt dämmert dem jungen Architekten, was er mit seiner Zustimmung eben losgetreten hat. Kurz erwägt er, diese wieder zurückzuziehen. Plötzlich hat er eine Idee. Er antwortet mit grimmiger Stimme.

"Das sollte aber nicht zu lange dauern."
Mit leicht schiefem Kopf fragt der Professor nach: "Oha. Sind Sie sich sicher."
"Bin ich."

Der Blick des Professors geht zurück zur Karte. Dann lächelt er seinen ehemaligen Studenten an: "Dann wollen wir mal sehen, wohin uns das führt."
Im Hintergrund zwitschern die Vögel jetzt.

18 Der Drache hebt den Kopf

Franz von Brrand schaut Fernanda ernst in die Augen. Inzwischen ist es für beide angenehme Routine, dass sie den Freitagabend damit verbringen, gemeinsam zu kochen und den Abend dann gemütlich ausklingen zu lassen. Aber heute war die Stimmung gedrückt und dieses Mal war es Fernanda, die immer wieder nachdenklich vor sich hin sinniert hat. Er hat sich das während des Kochens und dann im Verlauf des gemeinsamen Essens mit zunehmender Sorge angeschaut. Jetzt blickt sie wieder sorgenvoll nach draußen in den Garten. Das Glas mit dem spritzigen Weißwein hält sie zwar in der Hand, aber sie hat völlig vergessen, es vor einigen Minuten vom Tisch gehoben zu haben. Offenbar beschäftigt Fernanda etwas und so nachdenklich, ja sorgenvoll kennt der junge Architekt seine Angebetete nicht. Allein schon dieser Umstand, dass die tatkräftige Fernanda Simmler scheinbar ratlos in Sorge ist, ist für ihn wie ein Stich im Herzen: "Fernanda, was ist los?"

Erschrocken kehrt ihr Blick aus dem Garten zurück zu ihm. Dann schaut sie mit ärgerlicher Miene auf ihre Hand, nimmt einen großen Schluck Weißwein und setzt das Glas mit einer energischen, schließlich aber sanft endenden Bewegung auf dem Tisch ab. Nach einem tiefen Seufzer beginnt sie zu erzählen: "Ich wollte dich eigentlich nicht damit belasten."

Auffordernd hält er den Kopf schief, schweigt aber weiter abwartend. Schließlich fährt sie fort "Wir wurden von der obersten Schulaufsichtsbehörde, also dem Ministerium angeschrieben."

Er nickt, schweigt aber weiterhin abwartend.

"Es sollen in den nächsten Wochen einige unangekündigte 'Unterrichtsbesuche' stattfinden."

Bei der Nennung der Besuche hebt Fernanda beide Hände und gestikuliert Anführungszeichen mit den Fingern in der Luft. Er nickt, dann fragt er nach: "Aber das ist ungewöhnlich?"

In direkter Art antwortet sie ihm: "So unüblich wie ein Schwein auf einem Fahrrad."

Er nickt wieder versehend. Dann murmelt er vor sich hin: "Also auch bei dir."

"Wie meinst du das?"

Jetzt ist es an ihm, zu erzählen "Meine Eltern haben erfahren, dass jemand aus Kleinberghain dem Finanzamt einen Hinweis auf möglichen Steuerbetrug gesteckt hat."

Sie schüttelt irritiert den Kopf: "Aber deine Eltern leben doch gerade im Ausland?"

"Genau. Arabische Halbinsel. Aber das ist nur ein Teil der Geschichte, die noch kommt. Mein Professor, der meine Diplomarbeit betreut hat, wurde auch angerufen. Von Frauke Senffeld höchstpersönlich. Wie er mir sagte, war die Dame ziemlich aggressiv und wollte unbedingt nachweisen, dass ich ein akademischer Hochstapler bin."

"Ist nicht wahr?"
"Leider doch. Anscheinend habe ich in ein Wespennest gestoßen."

Fernanda lacht hellauf: "Womit denn bitte schön, womöglich einem Bauplan?"

Er lächelt sie an: "Grundriss, meine Liebe, es war ein Grundriss."

Zuerst genießt er es, sie zappeln zu lassen. Dann weiht er sie schließlich ein: "Es geht um diese vermaledeite Dachgaube. Wir haben die Pläne aktualisiert und das Gebäude entspricht nicht der genehmigten Ausführung."

"Oh, aber das ist doch schon vor langer Zeit geschehen?"

Er nickt ihr fatalistisch zu: "Genau. Damals war die Firma Zock-Bau das ausführende Unternehmen."

Langsam dämmert Fernanda Simmler der große Zusammenhang: "Gehrnau! Der war dort doch Bauleiter!"

"Eben. Die Arbeitspläne des damaligen Architekten

waren auch alle völlig in Ordnung und haben der Genehmigung entsprochen."

Wieder ein unverständiges Kopfschütteln von ihrer Seite. Franz von Brrand fährt erklärend fort: "Nun, diese Pläne wurden von Hand geändert. Rotstiftkorrektur nennen wir das."

"Jetzt verstehe ich langsam. Wer hat das geändert?"
Er schaut ihr direkt in die Augen: "Alle Änderungen wurden per Namenskürzel und Unterschrift gekennzeichnet. VG waren die Initialen."

Als Lehrerin hat Fernanda Simmler berufsbedingt ein hervorragendes Namensgedächtnis: "Gehrnau, Volker Gehrnau."

Er nickt bestätigend: "Genau. Aber das ist immer noch nicht alles. Er hatte Auftraggeber für seine Manipulation."

Sie hält den Kopf fragend schief und fordert ihn mit einem Nicken zum Fortfahren auf.

"Der Hornbrillen tragende Makler war damals der Vermittler für die Finanzierung. Damit die Finanzplanung von der Bank akzeptiert wurde, hat er höhere Mieteinnahmen angegeben, als es mit der genehmigten Größe der Wohnungen möglich gewesen wäre. Also mussten die Wohnungen größer werden, deutlich größer."

Fernanda runzelt die Stirn: "Klar, die Finanzierung war

wichtig. Aber doch nicht so wichtig, dass dafür an den Plänen getrickst werden musste."

Er wiegt den Kopf. Schnell spricht er weiter: "Na ja, meine Bauherrschaft war damals sehr knapp bei Kasse. Also haben sie den Hornbrillen tragenden Makler als Finanzier dazwischengeschaltet. Bis heute bekommt er einen Anteil der Mieteinnahmen als Provision."

Verstehend nickt Fernanda langsam: "Und wenn der Schwindel auffliegt, müsste er dafür haften."

Franz von Brrand holt tief Luft: "Nach Ansicht der juristischen Fakultät an der Uni ist das ein so schwerwiegender Betrug, dass der Makler dafür sicher für einige Jahre hinter schwedischen Gardinen verbringen dürfte."

Fernanda Simmler denkt über das Gehörte nach. Dann fragt sie verwundert: "Aber die abweichende Ausführung der Wohnungen beim Umbau, wann war das noch?"

"Schon 1987"

Sie fährt nickend fort: "1987, also spätestens bei der Bauabnahme hätte das doch bemerkt werden müssen." Jetzt blickt sie der junge Architekt traurig an: "Eben. Aber auf wundersame Weise hat der für die Bauabnahme verantwortliche Beamte nichts bemerkt."

"Oh." Dann fragt Fernanda Simmler mit gerunzelter Stirn nach: "Wer war der Beamte?"

"Das ist dann sicher das eigentliche Problem. Er ist nach wie vor aktiv. Nur an einer anderen Position."

Er macht eine kurze Pause, um die Spannung zu erhöhen, bevor er fortfährt: "Er heißt: Fritz Blau."

Jetzt fährt Fernanda erschrocken zurück und schlägt sich die Hand vor dem Mund: "Oh mein Gott! Stecken denn alle unter einer Decke?"

Franz von Brrand zuckt mit den Schultern: "Ehrlich, ich weiß es nicht. Eigentlich interessiert mich das alles nicht. Durch diese Bauvoranfrage zur Dachgaube habe ich offenbar die Wespen aufgescheucht."

Fernanda nickt nachdenklich: "Man spürt es schon: manche der Wespen stechen."

Wieder nickt er fatalistisch zur Antwort: "Genau. Deshalb hat das Finanzamt bei meinen Eltern und die oberste Schulbehörde bei dir im Gymnasium angerufen und nach verdeckten Fehlern gesucht."

Sie schüttelt irritiert den Kopf: "Aber warum das Gymnasium?"

"Es geht nicht um das Gymnasium. Es geht um dich und mich. Wenn du die Sache mit dem undichten Dach weiter verfolgst, kommt sicher noch mehr Unrat zutage. Also wollen die dich einschüchtern und vielleicht sogar einen Keil zwischen dich und mich treiben."

Zuerst blickt sie ihm irritiert in die Augen. Dann wird

ihr Blick sehr zornig: "Na, dabei können die ihr blaues Wunder erleben."

Feierlich hebt sie das Weinglas wieder an und prostet ihm zu: "Das gelingt denen nicht, damit das klar ist!"

Lachend erhebt er nun seinerseits sein Glas und erwidert die Geste: "So sei es, meine Geliebte!"

Dann müssen beide lachen Genau in dem Moment klingelt das Mobiltelefon des jungen Architekten. Sein Blick geht suchend umher.
Franz von Brrand steht auf und findet nach kurzer Suche sein Mobiltelefon in der Küche. Als er das Gespräch annimmt, schweigt er kurz. Fernanda kann zwar nicht verstehen, wer der Anrufer ist oder was geredet wird. Die Sprachfetzen, die sie jetzt hört, nachdem sie neugierig geworden, aufgestanden ist und neben dem jungen Architekten steht, klingen jedoch sehr aufgeregt.

Schließlich bedankt er sich für die Nachricht und verspricht, schnellstmöglich zu kommen. Dann ist das Gespräch beendet. Nachdenklich verweilt sein Blick noch auf dem Mobiltelefon in seiner Hand, dann schaut er Fernanda ernst an: "Das war die Polizei. Im Büro wurde eingebrochen. Ich soll kommen."

"Wow, die schrecken ja vor nichts zurück."

Als die beiden ein paar Minuten später am Büro Planschmiede ankommen, ist da die Hölle los. Mehrere Polizeiautos stehen auf der Straße, deren Blaulichter tauchen die Szenerie in seltsam blau flackernde Beleuchtung. Natürlich hat sich auch eine ordentliche Menge Schaulustige eingefunden. Franz von Brrand kann sich schließlich zu einer jungen Beamtin durcharbeiten und sich ihr vorstellen. Nach einigen Nachfragen nickt sie ihm zu und spricht in das an ihrer Schulter angebrachte Mikrofon. Kurz darauf meldet sich eine quäkende, fast unverständlich verzerrte Stimme und die Polizistin hebt das Absperrband, welches das Gebäude, in dem sich die Räumlichkeiten von Büro Planschmiede im Erdgeschoss befinden, absperrt.

Franz von Brrand betritt das Büro durch die inzwischen offene Vordertüre. Im Vorbeigehen kann er weder an der Schaufensterscheibe noch an der Eingangstüre Schäden erkennen. Im Büro herrscht reges Treiben. Fernanda ist ihm dichtauf gefolgt und stellt sich laut die Frage, die sich auch dem jungen Architekten aufdrängt: "Wie zum Teufel will irgendjemand irgendwelche Spuren sichern? Hier geht es zu wie auf dem Rummelplatz."

Gerade als er ihr antworten will, ist von weiter hinten im Raum eine aufgeregte Frauenstimme zu hören: "Chef, gut, dass Sie da sind!"

Aysche Gülügül kommt ihnen entgegen und muss sich dabei an zwei uniformierten Beamten vorbei drängen. Franz von Brrand erkennt, dass die junge Frau sehr aufgeregt ist und nimmt sie beiseite, denn hinter ihnen kommen schon die nächsten Polizisten in den Raum: "Was ist denn passiert?"
"Chef, das ist unglaublich. Flobär hatte recht!"

"Ganz ruhig. Was ist passiert?"

Die Bürohilfe holt tief Luft und blickt dann zuerst Fernanda und anschließend den jungen Architekten an: "Ich hatte meine Handtasche im Büro vergessen. Da dachte ich mir, ich hole sie ab, wenn ich heute Abend von der Geburtstagsfeier meiner Freundin nach Hause gehe. Als ich im Büro war, hörte ich plötzlich so seltsame Geräusche von der Hintertür. Da habe ich mich unter meinem Schreibtisch versteckt und die Polizei angerufen."

Anerkennend nickt ihr der junge Architekt zu: "Das war sehr mutig und überlegt."

Aysche Gülügül schnaubt vernehmlich auf: "Aber vollkommen nutzlos. Die sind dann mit lautem Tatütata angekommen und der Einbrecher hat sich dann sofort wieder nach hinten durch die Tür zum Innenhof verdünnisiert."
Franz von Brrand schaut seiner Bürohilfe forschend in die Augen: "Geht es Ihnen gut?"

Sie nickt und holt kurz tief Luft: "Ja. Ich bin nur aufgeregt. Und sauer. Diese Trampel rennen schon die ganze Zeit herum, das bringt doch nichts."

Zustimmend nickt er ihr zu: "Das ist seltsam, stimmt. Aber viel wichtiger ist doch, ob der Einbrecher etwas mitgenommen hat?"
Jetzt flüstert Aysche Gülügül leise zur Antwort: "Hat er nicht, ich habe ihn wohl gestört. Aber diese Trampel von Polizei haben alle Unterlagen eingesackt. Ich weiß

nicht, was das soll."

Franz von Brrand blickt mahnend zu Fernanda, die gerade zu einer geharnischten Antwort ansetzen will. Trotz ihres gerechten Zorns versteht sie die Geste und klappt den Mund wieder zu. Hinter ihr steht ein Polizeibeamter: "Hauptwachtmeister Schmitt. Sind Sie der Eigentümer?"

Franz von Brrand schiebt seine Bürohilfe vorsichtig zur Seite und schaut dem Hauptwachtmeister forschend ins Gesicht. Irgendwo hat er dieses Gesicht schon einmal gesehen. Aber er konzentriert sich auf das Hier und Jetzt: "Nein. Ich habe die Räume gemietet. Das ist mein Büro. Franz von Brrand ist mein Name."
Kurz blitzt Ärger in den Augen des Polizeibeamten auf: "Wir konnten Sie zuerst nicht erreichen."

Dann blickt der Hauptwachtmeister betont amtlich in die Runde: "Hier wurde eingebrochen."

Franz von Brrand kann nicht glauben, dass diese Art Unterhaltung das Niveau der Polizei von Kleinberghain definieren soll. Daher fragt er nach: "Wer ist für diesen Einsatz verantwortlich, Herr Hauptwachtmeister?"

Der Angesprochene wendet sich nun wieder dem jungen Architekten zu und wirft sich in Pose: "Ich bin zuständig hier."

Franz von Brrand nickt und fragt dann mit freundlichem Ton nach: "Dann ist die Spurensicherung sicher schon fertig, sonst würden bestimmt nicht so viele Ihrer

Kollegen hier durchmarschieren, habe ich recht?"

Ein böses Funkeln ist für einen kurzen Moment in den Augen des Hauptwachtmeisters zu sehen. Dann trägt er wieder die amtliche Mine eines weisungsberechtigten Uniformträgers zur Schau: "Wir brauchen keine Spurensicherung. Der Einbrecher wurde auf frischer Tat überrascht und ist dann leider geflohen."

Fernanda will gerade ärgerlich das Wort ergreifen, aber Franz von Brrand bringt sie mit einer Handbewegung zum Schweigen. Mit freundlicher Stimme wendet er sich erneut an Hauptwachtmeister Schmitt: "Wie glaubt die Polizei dann, diesen Einbruch aufzuklären, so ganz ohne Spurensicherung?"

Jetzt läuft das Gesicht des Hauptwachtmeisters rot an. Böse funkelt er den jungen Architekten an: "Wir sichern alle Unterlagen, die werden uns schon zeigen, warum bei Ihnen eingebrochen werden sollte."

Wieder will Fernanda sich wütend an den Hauptwachtmeister wenden, aber Franz von Brrand hält sie erneut ab. Im Hintergrund hat er seinen Praktikanten erspäht, der ihm mit bedeutsamer Geste seinen Rucksack zeigt und verschwörerische Kopfbewegungen macht, die den jungen Architekten zum Mitkommen auffordern. Dann greift er in die Hosentasche und holt seinen Schlüsselbund hervor. Er löst zwei Haustürschlüssel davon ab und übergibt diese dem Hauptwachtmeister.

"Das sind die Schlüssel, der mit der roten Markierung ist für die Eingangstür vorne, der andere für die Türe hinten. Wenn Sie fertig sind schließen Sie bitte einfach wieder ab. Morgen komme ich zu Ihnen zum Revier und hole den Schlüssel wieder. In Ordnung?"

Der Hauptwachtmeister ist es nicht gewöhnt, von einem einfachen Bürger Anweisungen zu empfangen und ringt sichtlich mit sich selbst, wie er diesem höflich und sachlich vorgetragenen Vorschlag entgegentreten kann. Dann scheint er eine Erleuchtung zu haben und setzt mit amtskraftgewaltiger Stimme zur Erwiderung an: "Sie müssen dann alle eine Aussage machen. Damit das klar ist. Schließlich bin ich für die Untersuchung verantwortlich. Und da wird nicht geschludert! Das wäre ja noch schöner."

Franz von Brrand nickt dem Hauptwachtmeister Schmitt einfach zu, dann schiebt er die beiden Frauen neben sich zur Eingangstüre. Flobär hat erkannt, dass sein Chef das Büro verlassen will und eilt ihnen voraus. Nachdem sich die vier aus der Traube von Menschen herausgearbeitet haben, fordert Franz von Brrand sie auf, noch einige Meter weiter zu gehen. Schließlich befinden sie sich in einer stillen Nebengasse.
Jetzt platzt Fernanda Simmler der Kragen: "Also so eine Ausgeburt an schafsköpfiger Ignoranz und Unfähigkeit ist ja nicht in Worte zu fassen!"
Franz von Brrand muss lächeln, als er antwortet: "Meine Liebe, und doch ist es dir auf wunderbare Weise eben gelungen."

Dann stellt er die kleine Gemeinschaft untereinander vor. Schließlich geht sein Blick zu seinem Praktikanten, der während der kurzen Unterhaltung neugierig Fernanda Simmler beobachtet hat: "Herr Behrling, haben Sie die Datenträger?"

Ein Grinsen ist die Antwort: "Klar, Chef. Ich wohne ja gegenüber, wie Sie vielleicht wissen. Als die Bullen angerast kamen, war ich natürlich sofort unten. Dann sind da alle durchmarschiert. Ich habe mich einfach unter die Menge gemischt. Der Server war aus, also habe ich kurzerhand die Platte mit den Datensicherungen aus dem Serverschrank geholt. Alles da."

Aysche Gülügül blickt den jungen Architekten neugierig an: "Chef, Sie sind so ruhig, als wüssten Sie mehr darüber?"

Franz von Brrand schüttelt den Kopf: „Nicht hier. Wir treffen uns morgen, dann sehen wir weiter."

Fragend blicken sich alle anderen an. Dann fragt Fernanda ihn leise: "Was hast du vor?"

Er lächelt ihr zu: "Ich möchte eine Dachgaube einbauen."

Aysche Gülügül und Florian Berling blicken sich an und nicken verstehend: "Alles klar, Chef. Wir sehen uns am Montag."

Nach einer kurzen Verabschiedung trennen sich ihre Wege und Franz von Brrand geht mit Fernanda Simmler wieder zu sich nach Hause: "Das, mein lieber Architekt, das musst du mir aber jetzt erklären."

Er nickt nachdenklich: "Zuhause. Der Wein ist viel zu schade, als dass wir ihn offen stehen lassen sollten."

19 Planarbeit

Franz von Brrand blickt sich im Büro um. Sowohl sein Praktikant als auch seine Bürohilfe haben ganze Arbeit geleistet. Am Montagmorgen haben alle gemeinsam mit angepackt und das Büro wieder in Ordnung gebracht. Die Tür zum Innenhof war notdürftig repariert und mit einem neuen Schloss versehen worden.

Sie stehen kurz vor der Fertigstellung der Arbeiten. Natürlich hat die Polizei alle Unterlagen, die offen im Büro herumlagen, mitgenommen. Franz von Brrand hat über seinen alten Architekturprofessor Kontakt zu dessen Freund in der juristischen Fakultät bekommen. Dieser unterrichtet nicht nur an der Universität, er hat auch eine eigene Kanzlei, die nun den jungen Architekten vertritt. Dann schiebt er diese Gedanken beiseite. Morgen Nachmittag will er die Bauvoranfrage erneut beim Stadtbaumeister einreichen; einen Termin hat er schon. Jetzt gilt es, dafür alles vorzubereiten. Flobär schaut kurz auf und grinst seinen Chef an: "Darf ich wirklich morgen nicht mitkommen?"

Milde lächelnd nickt Franz von Brrand ihm zu: "Nein. So was sollte ohne viel Zeugen geschehen, denn nur dann funktioniert es."

Dann stürzt er sich wieder in die Arbeit. Schließlich will er morgen gut vorbereitet sein.

20 Abgabetermin

Wieder sitzt Franz von Brrand auf dem unbequemen Stuhl vor dem Schreibtisch des Stadtbaumeisters. Dieser hat ihn generös hereingebeten und zum Platznehmen aufgefordert. Heute ist der junge Architekt ausgeruht und entspannt. Er lauscht amüsiert den vielfältigen Knarzgeräuschen des Dielenbodens. Draußen regnet es. Ein trüber Tag lässt blasses Licht durch die Scheiben sickern. Stadtbaumeister Gehrnau lehnt sich zurück und wieder ist Franz von Brrand verwundert, dass diese Bewegung nicht mit den üblichen, lauten Knarzen des Dielenboden einhergeht. Dann nickt der Stadtbaumeister generös und beginnt zu sprechen an: "Wie ich höre, wurde bei Ihnen im Büro eingebrochen."

Mit vorgetäuschter Verzweiflung nickt der junge Architekt, als er antwortet: "Da haben Sie richtig gehört."

Jetzt beugt sich der Stadtbaumeister vor und blickt ihn interessiert an: "Wurde viel gestohlen, hoffentlich nichts Wichtiges?"

Der junge Architekt schüttelt den Kopf: "Das kann ich Ihnen nicht sagen. Die Polizei hat alles mitgenommen, was bei uns im Büro herumlag. Alle Akten, die wir hatten."

Kurz huscht ein Grinsen über das Gesicht des Stadtbaumeisters: "Wie bedauerlich. Dann sind diese Unterlagen wohl alle Ihrem Zugriff entzogen?"

Wieder kommt das vorgetäuscht verzweifelte Nicken des jungen Architekten: "Alle Papiere sind weg, genau."

Der Stadtbaumeister lehnt sich nun, offensichtlich zufrieden mit dem, was er erfahren hat, zurück. Nun wird der Ton seiner Stimme generös, herablassend: "Also, Herr Kollege. Was kann ich für Sie tun?"

Umständlich nestelt Franz von Brrand an seiner Umhängetasche. Daraus fischt er eine schwarz eingebundene Mappe und legt diese dann vorsichtig auf den Tisch. Der Stadtbaumeister blickt irritiert auf das Dokument: "Was ist das?"

Mit freundlich, zurückhaltendem Ton erklärt der junge Architekt die Akte: "Das ist die Bauvoranfrage für Marktstraße 11/1, Einbau einer Dachgaube."

Verstehen vortäuschend nickt der Stadtbaumeister und schlägt diese dann mit spitzen Fingern, als ob die Akte heiß wäre oder gar vergiftet sein könnte, auf und beginnt zu lesen. Die Seiten mit den Grundrisszeichnungen und den Seitenansichten sind schnell überblättert, und er kommt zur Flächenaufstellung. Jetzt huscht wieder ein böses Lächeln über das Gesicht von Volker Gehrnau. Er blickt auf und versucht dabei, amtlich zu wirken: "Aber, aber, Herr Architekt, das sind ja wirklich ganz außerordentliche Überschreitungen der Nutzung. GFZ und GRZ sind weitestgehend außer

Rand und Band!"

Anklagend klopft sein rechter Zeigefinger auf die entsprechende Stelle der Akte.

"Nun, Herr Stadtbaumeister, wir hoffen auf wohlwollende Beurteilung und Genehmigung der Überschreitungen."
Ungläubig schüttelt der Stadtbaumeister den Kopf und lehnt sich dabei zurück. Dieses Mal ist das Knarzen sehr viel vernehmlicher, Franz von Brand vermutet, dass sein Gegenüber die Bewegung so gestaltet, dass die akustische Untermalung des Dielenbodens seiner Erscheinung mehr Theatralik verleiht. Auch er lehnt sich zurück und wartet darauf, dass der Stadtbaumeister das Wort ergreift: "Das ist ausgeschlossen, Herr Architekt, völlig ausgeschlossen. Derartige Überschreitungen zu gewähren wäre ja, wie soll ich es sagen, nahezu kriminell!"

Verstehend nickt der junge Architekt. Am Gesicht des Stadtbaumeisters ist abzulesen, dass er sich über das Fehlen jedwedes Erschreckens aufseiten von Franz von Brrand wundert, aber er fühlt sich offensichtlich nach wie vor sehr sicher in seiner Position.

Jetzt ergreift der junge Architekt wieder das Wort: "Herr Stadtbaumeister, möchten wir Frau Zerrfried hereinbitten? Dann kann sie direkt hören, was wir zu besprechen haben. Sie steht doch noch an der Türe draußen, wenn ich die Geräusche des Dielenbodens richtig gedeutet habe?"

Draußen ist ein erschrockener Laut zu hören, dann erfolgen in kurzen Abständen explosionsartige Knarzgeräusche, als ob eine Person aus dem Vorzimmer des Stadtbaumeisters fliehen würde.
Die Geräuschkulisse war eindeutig, trotzdem versucht Volker Gehrnau Haltung zu bewahren: "Aber nein, Herr Architekt. Sicher haben Sie sich verhört."

Franz von Brrand wiegt den Kopf etwas, dann spricht er leise weiter. Jetzt ist seine Stimme klar und direkt: "Wenn Sie meinen, Herr Gehrnau. Sie sehen also keine Möglichkeit, dass wir diese leider unabdingbar notwendig gewordenen Überschreitungen genehmigt bekommen? Schließlich würden damit nur die Akten geheilt."

Der junge Architekt ist sich sicher, dass sein Gegenüber diesen letzten Rettungsring, den er ihm gerade zugeworfen hat, in seiner Arroganz und Überheblichkeit ignoriert. Aber er hat sich vorgenommen, diesem Menschen noch eine letzte Chance zu gewähren.

Ein maliziöses Lachen des Stadtbaumeisters bestätigt Franz von Brrand, dass er mit seiner Einschätzung richtig lag: "Nein, das wird nicht möglich sein. Wie gesagt, da wäre ich kriminell, wenn ich so etwas durchgehen lassen würde."

Franz von Brrand nickt verstehend. Dann nimmt er, inzwischen deutlich behänder als vorhin, eine zweite Mappe aus seiner Tasche. Diese ist rot eingebunden und auch diese legt er vorsichtig auf den Schreibtisch des Stadtbaumeisters.

Dieser blickt angewidert auf die Akte und fragt dann den jungen Architekten, mit triefender Ironie in der Stimme: "So, Sie haben also eine zweite Bauvoranfrage vorbereitet, hoffentlich sind da keine Überschreitungen drin!"

Wieder wiegt der Architekt den Kopf und weist dann mit dem Kinn auf die Akte: "Schauen Sie doch einfach mal hinein, Herr Gehrnau."

Mit dem Habitus eines Amtsträgers, der sich ein Dokument anschaut, dessen Inhalt er schon im Voraus als ablehnungswürdig gewertet hat, öffnet er die Akte. Mit jeder Seite, die der Stadtbaumeister liest wird der arrogante Gesichtsausdruck zuerst schwächer, dann verschwindet er ganz. Schließlich steht ihm blankes Entsetzen ins Gesicht geschrieben. Er blickt auf und in seinem Gesicht ist nur noch abgrundtiefe Verzweiflung zu sehen. Seine Stimme ist lediglich ein leises Hauchen: "Woher haben Sie das?"

Beflissen fragt der junge Architekt nach: "Was meinen Sie, Herr Gehrnau, die von Ihnen per Rotstiftkorrektur geänderten Arbeitspläne von Zock-Bau, die von Bürgermeister Blau, damals noch für die Bauabnahme zuständig, unterzeichnete Bauabnahme mit, wie ich betonen möchte ohne Überschreitung abgenommene Bauleistung oder meinen Sie die Aufstellung über Zahlungen an ein gewisses Maklerbüro, bei dem Sie, soweit ich weiß, stiller Teilhaber sind?"

Die Augen des Stadtbaumeisters weiten sich bei dieser Frage. Dann werden sie kleiner, Franz von Brrand kann genau erkennen, dass soeben der wahre Charakter des Mannes sichtbar wird. Bösartig schaut er ihm ins Gesicht und seine Stimme hat jetzt einen drohenden Unterton: "Das ist unerhört. Dafür brauchen Sie Beweise. Im Computer erzeugte Dokumentenfälschungen, wie das Vorgelegte taugt dafür nicht."

Dabei wirft er die geöffnete Akte mit dem roten Einband einige Zentimeter in Richtung des vor ihm sitzenden Architekten. Dieser nickt kurz, dann beugt er sich selbstsicher vor. Das Knarzen des Bodens unterstreicht diese Bewegung und Stadtbaumeister weicht unwillkürlich zurück. Dessen Bewegung wird ebenfalls von einem Quietschen des Dielenbodens begleitet: "Aber sicher, Herr Gehrnau. Die Originale haben wir alle. Und selbstverständlich an einem sicheren Ort."

Dann lehnt sich der Architekt wieder zurück; auch jetzt ist die akustische Begleitung dieser Bewegung eher eine Bestätigung der Selbstsicherheit des jungen Architekten als ein störendes Geräusch: "Aber natürlich können wir das alles amtlich untersuchen lassen. Frau Senffeld hat ja bereits Kontakt mit der Universität aufgenommen, dort freut man sich sicher darauf, die Akten durchzugehen. Ich meine damit natürlich die juristische Fakultät. Meinen Sie nicht auch?"

Der Blick des Stadtbaumeisters geht hektisch zwischen den Akten auf seinem Schreibtisch und dem jungen Architekten hin und her. Dann wird ihm bewusst, wie schlecht die Dinge für ihn stehen und er fragt resigniert: "Was wollen Sie?"

Dieses Mal wartet Franz von Brrand einen Moment, bevor er antwortet: "Ich möchte eine positive Antwort auf meine Bauvoranfrage."

Mit dem Kinn weist er auf die Akte mit dem schwarzen Einband: "Dann möchte ich, dass das anschließend von uns eingereichte Baugesuch zügig, sagen wir einmal innerhalb einer Woche, bearbeitet wird. Und die Behörde genehmigt das Baugesuch ohne Änderungen. Damit wären dann auch die alten Akten geheilt und der tatsächliche Bauzustand abgebildet."

Franz von Brrand blickt sein Gegenüber entspannt an. Er kann sehen, wie der Kiefer des Stadtbaumeisters mahlt. Von der selbstherrlichen, generösen Art ist nichts mehr zu sehen. Selbstverständlich ist dem jungen Architekten klar, dass er sich diesen Mann für alle Ewigkeiten zum Feind gemacht hat. Aber das ist heute für ihn nicht von Bedeutung.

Schließlich nickt ihm Volker Gehrnau zähneknirschend zu. Franz von Brrand erwidert diese Kopfbewegung, als hätte er es nicht anders erwartet. Er steht auf und wippt dabei vorsätzlich auf den Beinen, sodass die Knarzgeräusche des Dielenbodens deutlich zu hören sind: "Wunderbar, Herr Stadtbaumeister. Ich höre dann von Ihnen. Auf Wiedersehen."

Volker Gehrnau erwidert den Gruß nicht, sondern blickt dem im Gehen begriffenen Franz von Brrand mit mordlustigem Blick nach.

Franz von Brrand öffnet die Tür und gerade als er den

Raum verlassen will, wendet er sich nochmals um: "Damit wir uns richtig verstehen. Ich erwarte, dass damit alle ihre kleinen Ränkespiele sofort eingestellt werden. Wie zuvor erwähnt, diese Originale und noch einige mehr sind an einem sicheren Ort verfügbar."

Dann verlässt er das Büro vollends.
Vor dem Gebäude wartet Fernanda Simmler. Fragend schaut sie ihn an. Er nickt ihr einfach zu. Dann hakt sie sich wortlos bei ihm unter.

Franz von Brrand lächelt zufrieden. Er hat vor, heute mit seiner Freundin die kulinarischen Möglichkeiten dieses wunderbar am Fuße eines Hügels liegenden Städtchens zu erkunden.

21 Personen

Franz von Brrand	*13.03.1987 Architekt
Frauke Senffeld	Physiotherapeutin und stellvertretende Vorsitzende des technischen Ausschuss der Stadt Kleinberghain.
Peter Müller	Bäckermeister und Ausschussvorsitzender des technischen Ausschuss der Stadt Kleinberghain.
Fritz Blau	Bürgermeister der Stadt Kleinberghain
Volker Gehrnau	Stadtbaumeister

Sabine Zerrfried	Sekretärin im Vorzimmer des Stadtbaumeister. Hat sich kürzlich von ihrem Mann getrennt und trägt nun wieder ihren Geburtsnamen statt des Familiennamen ihres Mannes.
Aysche Gülügül	Bürokraft und die gute Seele des im Büro Planschmiede
Florian Berling	Praktikant im Büro Planschmiede. Rufname Flobär, alle außer Franz von Brrand nennen ihn so. Ein unsicher wirkender, junger Mann mit einem messerscharfen Verstand, den er jedoch meist hinter einer eher trottelhaften Wesensart verbirgt.

Fernanda Simmler	Direktorin des Gymnasiums, sie unterrichtet noch Biologie, Latein.
Wernher Schiebfahrer	Statiker eine Empfehlung der Bauherrschaft von BV Dachgaubeneinbau, Marktstraße 11/1.
Prof. Franz Stumping	emeritierter Professor für Biologie, einziger Sachverständiger der ein UGzBNbKpSI erstellen kann.
Horst Aufrecht	Zimmermann und Pragmatiker

Beate von Drohnau-Schnellmann

alter Geldadel aus Kleinberghain, ehemalige Besitzerin des Jagdschlösschens auf dem Hügel über Kleinberghain und

	promovierte Physikerin. Sie ist Vorsitzende des Fördervereins des Gymnasium Kleinberghain.
Stefan Kirn	ehemaliger Polier der inzwischen insolventen Generalbauunternehmung Zock-Bau, dem ehemaligen Arbeitgeber von Volker Gehrnau
Professor Volker Vern	ehemaliger Lehrer von Franz von Brrand an der Universität und Betreuer seiner Diplomarbeit.

22 Zeitleiste

08.05.2024	der technische Ausschuss von Kleinberghain tagt und fordert einschneidende Korrekturen an der Planung der Bauvoranfrage zum Einbau einer Dachgaube BV Müllerstraße 11/1

23 Technologien und Begriffe

Bauvoranfrage	amtlich "Antrag auf Bauvorbescheid" wird als Anfrage an die Baubehörde gestellt. Diese prüft dann, ob das Bauvorhaben mit dem Baurecht vereinbar und damit realisierbar ist.
UGzBNbKpSI	**U**nbedenklichkeits-**G**utachten **z**ur **B**estätigung des **N**ichtvorhandenseins **b**iologischer **K**ontamination mit **p**otentieller **S**chadfähigkeit durch Beeinträchtigung statischer **I**ntegrität.

GRZ

Grundflächen**z**ahl
Angabe im Bebauungsplan, vereinfacht:
die GRZ gibt an, welchen Anteil (0,0 - 1,0) die Grundfläche eines Gebäudes am Flurstück (Grundstück) haben darf. Man schaut von oben auf das Grundstück und misst die Fläche, die der Umriss des Gebäudes hat. Ist zum Beispiel die GRZ = 0,5 und das Grundstück (Flurstück) hat eine Fläche von 200 Quadratmeter, dann darf das Gebäude davon maximal 200 x 0.5 = 100 Quadratmeter bedecken, also zum Beispiel 10m breit und 10m lang sein.

GFZ	**G**eschoss**f**lächen**z**ahl Angabe im Bebauungsplan, vereinfacht: wenn man alle Flächen aller Geschosse eines Gebäudes zusammenzählt, dürfen diese nur eine bestimmte Größe haben. Diese maximale Größe aller Geschossflächen zusammen wird aus der Grundstücksgröße (Flurstückfläche) errechnet. Ist die GFZ zum Beispiel 0,8 und das Grundstück 100 Quadratmeter groß, dann darf die Summe aller Flächen aller Geschosse max. 100 x 0,8 = 80 Quadratmeter betragen.
LBO	**L**andes**b**au**o**rdnung

Brandverhütungsschau	dient der Prüfung und Erhaltung des genehmigten Zustandes und der Prüfung des Funktionieren der Sicherheitseinrichtungen sowie der Identifikation neu hinzugekommener Gefahrenquellen